当银行来敲门

张永娟　著

中国财经出版传媒集团
中国财政经济出版社

图书在版编目（CIP）数据

当银行来敲门／张永娟著．—北京：中国财政经济出版社，2018.10

ISBN 978－7－5095－8546－7

Ⅰ．①当…　Ⅱ．①张…　Ⅲ．①长篇小说－中国－当代　Ⅳ．①I247.5

中国版本图书馆 CIP 数据核字（2018）第 220893 号

责任编辑：樊清玉　　　　　　责任校对：张　凡

封面设计：陈宇琰

中国财政经济出版社 出版

URL：http：//www.cfeph.cn

E－mail：cfeph@cfeph.cn

社址：北京市海淀区阜成路甲 28 号　邮政编码：100142

营销中心电话：010－88191537

天猫网店：中国财政经济出版社旗舰店

网址：https：//zgczjjcbs.tmall.com

北京密兴印刷有限公司印刷　各地新华书店经销

880×1230 毫米　32 开　7.875 印张　170 000 字

2019 年 1 月第 1 版　2019 年 1 月北京第 1 次印刷

定价：36.00 元

ISBN 978－7－5095－8546－7

（图书出现印装问题，本社负责调换）

本社质量投诉电话：010－88190744

打击盗版举报热线：010－88191661　QQ：2242791300

一部难得且具独特文学魅力的作品

——《当银行来敲门》代序

石英、杜卫东、马相武、李林荣

著名作家、中国散文学会名誉会长、人民日报文艺部原副主任 石英：《当银行来敲门》是一部题材新颖、别开生面的小说，故事情节真实而入微，小说内涵耐得品味而深藏奥秘。其“奥秘”，是作者善于开掘能够触动人性的焦点所在，让事件和性格轨迹的发展来诠释、解答人物的境遇。作品虽从表面上看并非惊天动地，更不人为地制造大轰大嗡，但不等于未从深处揭示人生看似平常实则往往令人感到纠结的难题。小说的人物形象脉络清晰而各具色泽，善则并非施以“添加剂”，而是通过典型的言行自然表现出来；恶者也许并未达到“穷凶”地步那种，但反差也够鲜明且有说服力。即使同为善类，也往往可从细处反映出“成色”的不同。这说明作者非常熟悉他们的一切，尤其是人物的内心世界。作品文字畅达，详略得宜，简练干净。重要情节与典型的细节处则不吝笔墨，读来自然而不将就，用心却不雕琢，与其题材内容正相谐和。

著名作家、《小说选刊》原主编 杜卫东：优秀的现实主义作品，必须真实再现时下生活。这种真实应该是艺术的真实，而不是将生活机械地克隆与复制。它必须努力发掘生活中被遮蔽的真

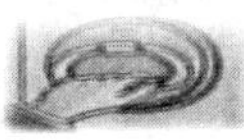

相，逼近生活的内核，关心人的精神处境，给人以思想的烛照和情感的润泽，精神的引领与智力的支持。张永娟的长篇小说《当银行来敲门》，是生活与艺术的真实再现，发掘了生活中被遮蔽的真相，逼近生活的内核，透着精神与智力引领的内涵，无疑能给当代创业的年轻人以深刻的启示。

中国人民大学教授、著名文学评论家 马相武：张永娟的长篇小说《当银行来敲门》是一部近年来十分难得的具有独特文学魅力的优秀作品。它极具可读性，将势必从民事转为刑事的白领丽人家庭的债务危机写得如此扣人心弦而令人难以释卷，足证作家含而不露的创作才能。它非常值得海量的信用卡持有人、小额借贷人、青年创业者等读者细细品读和深深思索。几乎所有情节和细节，小夫妻的亲切自然性格和无意中发生于恩爱的意外境遇，都会或都已发生在我们每一个人的身上或身边。小说的真实性和当下性，以及不易察觉的步步临渊的情节进展和隐蔽悬念，细致入幽到无以复加的心理感受，令人为之动容：尊敬、担忧、悲悯、欷歔。语言畅达洗练，文字功底深厚，由此，小家庭的幸福在温水煮蛙式的催债重压下濒临绝境，最终竟生发出伴随痛苦的希望之光。困境或险境之根源，是丈夫好心到难以察觉的不慎借贷，还是资本套路，抑或债务市场监管不严？作家不动声色地在芸芸众生的切身无奈故事中隐藏着社会性心理困境意识和普遍性信任危机问题。这使得小说大大提升了现实主义深刻的批判性和小说艺术探索的新的价值取向，特别是主人公心理展示的经验和方法。倏然或未及察觉地从顺境转为困境或逆境甚至险境，其实是每个生存者、奋斗者都曾经或可能的经历，他们从小说中完全可以得到新的启迪。

著名文艺评论家、北京第二外国语学院教授 李林荣：以都市职场小说的写法，讲述了一对青年夫妇创业遇挫的故事。创业是大时代的机遇，也是小人物的梦想。机遇或有变数，梦想也许破灭。守住正道直行的初心，坚持质朴善良的本性，困境就不会变成绝境，创业路上和人生途中的“合伙人”就永远不会散伙。《当银行来敲门》的叙事和伦理如此单纯、如此透明，它来自当下的社会现实，也属于当下的社会现实，正像化妆盒里的小镜子，在映照和抚慰之间，让面对它的人既觉察出失落、烦恼、苦涩，又激发起向往美好圆满的小小的希冀与信念。

目录

引子

每个人的成功都不是偶然，有些人的失败却是必然。成功与失败在很多时候本就是辩证关系，无论是成功还是失败，在这个经历中享受过程、体味生活真谛才是最好的收获。

青青，80后白领丽人，可以说她这两年经历了炼狱般的折磨。身边所有的同事、朋友、家人无不赞叹她的坚强、抗压能力与坚韧的毅力。可究竟如何挺过这痛苦难耐的几年，只有她自己知道。

她与康泽在北京打拼多年，身份从同事转为恋人，最后结成了夫妻。在这个过程中他们经历了所有恋人的甜蜜，也经历了许多生活中的无奈。正如生活赐给所有人那样“痛并快乐着”，只是这几年他们的生活中似乎只剩下痛了。

齐肩的长发伴随着青青，她喜欢风吹动肩头发丝的感觉，走起路来似乎连头发都在雀跃，笑起来总是露出迷人的小酒窝。她不说话的时候总是给人一种温柔、文静的感觉，可一旦开口说话便让人惊叹于她的自信和她的干练。她的豪言阔论，总是让人难忘。

康泽，身高一米七八，身材挺拔，英俊的脸庞上有一双会笑的眼睛，他的帅气总是能够碾压周围的人。无论走到哪里，他身上所散发出的都是一份沉稳与刚毅的气魄，英俊的外表反而成了

衬托。

青青近两年日子过得很不好，从大多数人的观念来讲，是很笨、很拙劣、很糟糕、很没有人格、很失败的。但是生活毕竟要继续，她出乎所有人的意料，挺过了难关。

从辩证的角度来看，她似乎又获得了人生某个阶段中小小的成功。

也许这就是人生！

上天赋予人发现生活真谛的能力，让你饱尝痛苦后各方面的能力随之增强，人也变得更强大起来。

“天将降大任于斯人也，必先苦其心志，劳其筋骨，饿其体肤，空乏其身。”这句经典之语是青青这两年来远眺前方时经常会想到的，每每说出这句经典的时候她都异常地平静且略显疲惫。那种静，静得让你感觉不到自己的血液在流淌，似乎这个世界就停止在了那一刻，在她身边形成了一个看似无力却又很强大的气场，让你无言去接下面的对话。因为无论你怎么接，气氛似乎都不适宜。只有等待她轻轻地回头投给你一个温柔的微笑，这样，你便可以放心愉悦地与她交谈了。而往往这个时候的她总是能够让人感受到无比强大的力量，这种力量来源于她本身的纯洁、清澈、干练、正向、积极、坚韧的毅力、敏捷的思维、能够吃苦耐劳和善良的本性。青青身上的这些特性在特定的时间突显出了她所散发出的力量的厚重感，这不仅仅是一种简单的正能量，这更是一种厚重的正能量。

第一章　未接来电

冬日的风像着了魔一样疯狂地刮，天空中扬起的沙尘让人不时地捂着口鼻，这个冬天异常干冷。在摩天大楼里办公的人们只能听到狂风的吼叫声，丝毫感受不到室外的寒冷，室内温暖如春，办公室一片繁忙的景象。

一场两个小时的会议，青青开得很投入，这是她休完产假上班后开的第一次项目会议。她是一位工作至上的职场女性，有着非常自律的工作风格，在工作中雷厉风行、思维敏捷、不畏困难。此时的她，负责一个业务部门，同时兼任事业部的营销总监，过往的工作风格促使她要快速投入工作中去。会议结束，青青推开会议室的门，职业感很强地走在公司的地毯上，步伐轻快且铿锵有力，手持的笔记本上记录了接下来的工作规划。她带给身边人的是强大的气场和满满的正能量。

在走回工位的路上，青青一边走路一边优雅地拿起手机。定睛一看，有未接来电。她多年的职业习惯是会议时手机静音，这是对会议的尊重。也许是开会太投入了，她竟然没有发现有人打电话，可就是这一查看，让她斗志昂扬的心境顿然全无。十六个未接来电！一场会议竟然有十六个未接来电，来自不同的地方，并且全是陌生来电。沮丧的情绪蔓延在青青的心头，工作上大展宏图的激情也掩盖不住此刻内心的沮丧。一时间，羞愧、烦躁、

愤怒、失望、无力……种种复杂的情绪涌现出来。脑袋浑浑噩噩，思维在瞬间停止，眼神空洞无光。肩膀像泄了气的皮球向下耷拉着，身子的重心明显在下垂，腿像灌了铅似的，拖住了原本斗志昂扬的脚步，此刻的脚无比笨重。更痛苦难耐的是她要在公司掩饰住这种苦闷的情绪。

可路就在脚下，无论怎样，还是要走的。

开完会，从会议室到工位的这段路，青青斗志昂扬地走出来，却在焦急烦躁的情绪中坐落到座位。

这十六个未接来电，压得她喘不过气来。

怎么办？

“这个电话到底要不要回？如果回，怎么去解释？如果不回，一会儿再打怎么办？可以选择逃避吗？为什么这么难的问题要降临在我的头上？”一时间千万个难解的问题涌上心头。

青青的心像被重锤猛然击落一般，在身体里深陷、下坠。

沉痛，这是一种沉痛，伴有无奈、懊恼、悔恨，千万种复杂的情绪汇聚成这种沉痛。这种沉痛，由心脏中心发出，瞬间蔓延到整个身体，无力去缓解。

从几个有些眼熟的电话号码上可以断定，这些都是银行的电话。

烦，真的很烦！

第二章 银行电话

银行给青青打电话，为什么会让她那么恐惧和烦躁？

因为，这是银行提醒还款和催收的电话。

是的，青青欠了钱，并且短期内无法偿还。信用卡和贷款的逾期已经连续好几个月了，每天都有电话打过来提醒她“还钱的日子到了”。有的地方提醒她“已经逾期了”，还有的地方在提醒了几次之后就变成了催收。

面对多家银行的追债电话，青青一遍又一遍耐心地解释着，每一个电话那端都会问“是出什么问题了吗？”每个电话都要问到底是什么原因导致还不上钱。青青一次次耐心又客气地做着解释和回答，每一次解释都像是撕开伤口那般地痛。

往往是一个电话解释二三十分钟，这家还没有解释完那家又一个劲儿地打，一遍一遍，不知疲倦地打。

除了正常上班，青青其他时间几乎都在接听电话。她在电话中苦苦地哀求，努力申请延期，恳求宽限。

面对心地善良、好说话的人会感同身受、同情她，这会让青青的内心可以稍微获得一丝温暖；可面对凶狠的人，她得到的往往是电话中的谩骂和讽刺，任由她怎么解释，对方都只当是她要逃避债务的借口。

也许，大多数人一辈子都不会遇到这样的事情，因为你一辈

子都不会同时欠多家银行的钱，且都还不上。

这，是青青的劫难！

为什么说是青青的劫难呢？因为，这些钱并不是她花的，而是她以自己的名义为爱人康泽筹措的。

第三章　远大梦想

每当夜晚乘车路过北京的东三环看见灯火辉煌的环球大厦时，青青都会对康泽说：“若干年后，我也会在这里建起属于我自己的大厦。”听的人也许是当玩笑听了，但“说的人”内心充满了力量和向往，所以她每一天都告诉自己要加倍努力，要奔跑起来。

青青从小就是一个内心有很高远梦想的女孩。她出生在西北一座美丽富饶的城市，家在城市的郊区，从小在田野里放飞着梦想。她是一个很有想法、很有抱负的女孩。她的父母勤劳诚恳，朴实无华，她还有两位兄长，她叫他们“大哥”和“小哥”。

在她十三岁时，当小伙伴们每天在想着去玩什么的时候，她在路边拿着石子画着东西，画了街道，画了大房子，还画了她自己设计的衣服。在她成年后，那时画的街景一直深深地印刻在她的心里。那是一条非常繁华的街道，有很多商家，夜晚的霓虹灯闪烁，有几个大字出现在她脑海当中——“普天大酒店”——这是青青给自己的产业起的名字。为什么叫普天大酒店呢？那是因为那段时间她刚刚知道“普天之下”这个词，而她恰巧又正在设计自己的产业，这个词最能满足她的雄心伟略。她希望在未来，普天之下都有她的产业，于是起名“普天大酒店”。至于为什么是酒店，多年以后的今天，她也不知道，也许只是突然的一

个印象，也许是别的原因。

“普天大酒店”这个名字就在青青十三周岁那年诞生了，一个代表连锁性质的酒店在她的脑海中入驻了。在那个下午她还想了很多，比如亲戚们到各地去旅游，如果要入住她的酒店，但服务员又不认识她的亲戚，该怎么享受优惠。她想了很多办法，其中就有现在很常见的会员卡，而且那个下午她还给会员卡分了等级，自己在设计如何打折、如何识别、如何让她的亲人和朋友一卡行天下。想这件事情的时候青青快满十三周岁，时间在一九九五年夏。可那时，她并未坐过火车，未出过远门，也没有任何人给予她经商思路的启发和引导。为何她在十三岁就突然有这个商业的思维？无人能知。

普天大酒店这个名字青青从未向别人说起，包括自己的母亲。因为她知道这与她身边的一切都格格不入，她身边无论是谁，在那个环境下都不可能与此有一丝关系。

那个时候汽车还不多，马路还不宽，电话还没通，就连麻辣烫都没有流行到青青所在的西部小城。虽然吃穿是不用愁的，虽然也可以穿上漂亮裙子的，但商业绝对是不发达的，媒体传播也是有限的，商业这个词在中国只有少部分人能知道，连锁这个概念更是青青身边谁也没有提起过的。孩子们除了玩耍就是上学，至于为什么上学，可能也没有几个孩子能真切地知道吧。

青青从来没有回答过任何一个人“你将来想做什么？”这个问题，因为她从未想过去当“警察、老师、医生、科学家”。但是那个时候，能够听到关于那个问题的答案似乎就那么几个。青青不想从事这些行业，所以从来不说。直到即将高考，即将分离，同学问她，她也不说。最后，在几位同学的再三引导和逼问下才说：“我从来没有想过去当老师或是医生！我其实也不知道那具体是在做什么，但从小我的脑海中就有一个穿着很职业化的女性，拿着文件夹从大厦的落地窗前优雅又快速地走过。”这个回答让同学意外也惊喜，这也许是他们从小到大听到的最特别的一个关于未来想做什么的回答了吧。

是的，这是从商。

在青青即将离开家乡的时候，她的同学问出了埋在她内心深处的想法。虽然从商这词说得很大，但的确就是这样。她不去那个年代大家都认为很稳定的事业单位，她想挑战自我，她想去探究普天大酒店究竟是怎样做成的。她想去见证那个在她豆蔻年华里埋下的种子生根发芽。

就在同学问完她理想的那一年，她考学到了首都北京，高耸的大厦，宽阔的马路，让青青的内心注入了沸腾的元素。她喜欢上了这里，她喜欢坐着公交车观赏北京。一个午后，当她坐着北京的公交车行驶在北四环的路上时，突然看到“中国普天”四个大字耸立在一座大厦顶端。青青吃惊，失望，着急！她盯着这几个大字一直看，直到再也看不清楚，她失望至极。

为什么“普天”这个名字已经被人用了？为什么！那我怎么办？

她的内心沮丧无比，多年的梦就这样轻而易举地被打破了。要知道，她当年想到这个伟大的名字时内心多么骄傲，这种骄傲也一直贯穿着她的生活，影响着她。也许正是因为这些，她才是从小学到初中，再到高中，这么多同学中唯一一个能到北京上大学的人。

击碎她骄傲的“中国普天”发生在青青十九岁时。

这是一个花一样的年纪，谁能知道一个女孩的雄伟蓝图就那样给击碎了呢。到这个时候青青也没有对世界上任何一个人说过

“普天大酒店”的事情。

心痛、失望过后，就让它自生自灭吧。“既然上天这样安排，也许是为了赐予我更好的。”青青这样对自己说。

她就是这样，经得起挫折，心态还极好。

从此以后青青不再去想“普天”的事情，她开始学习、生活，毕业后顺理成章地在北京工作。

虽然毕业前夕家里已经给她落实好了工作，但是从小到大的这个心路历程，注定了她只会选择在北京，在北京这个快速发展又充满机遇的城市去开创属于她自己的那片蓝天。

学生时代的青青并不是“学霸”级的人物，也许是受上天眷顾，在两次重大考试前都像是被神灵点化似地认真学习，中考和高考也仅仅是因为考试前那一年的努力，最终都被录取。

然而，毕业后工作的青青，更像是被贯彻了工作魔思想一般，一直认真、努力、高效地工作。在工作过的单位都频频创造佳绩，对工作的理解也超越很多人。越工作越快乐，并且在工作中思路特别清晰，曾经有客户发表扬信，评价她成绩斐然。

对于工作，青青是热爱的，即使在二百多位同事同时竞争的时候也频获冠军，被同事称为“神话”。青青在想，也许真是有神在相助吧，既然如此，那就不停地努力吧。

总之，青青在工作上像“开了挂”一样。

她就这样在北京见着世面，开着眼界，努力着，成长着。

第四章　爱情来临

转眼，青青工作两年了，在过了二十四周岁生日又两个月后，她的真命天子出现了，康泽出现在了她的工作和生活中。

在与康泽刚认识那段时间，青青每到周六放假都会说："怎么又周六了，要上班多好！"

这是青青心里想的真实话语，但是同事叫冤地说："青青，你还让不让我们活了呀。"说话的是她的下属。

"是的，上了一周班，已经很紧张了，该给大家放假了，况且这是公司统一放假，只是你自己不知道该干什么而已。"青青想。

她进入了一种快速高效的工作状态，在这种状态下，她觉得陪朋友逛超市简直就是一种煎熬，是对生命的一种浪费。

她为了节约时间，买衣服都去商场，试完付钱走人。因为商场可以节约与售货员沟通及讨价还价的时间。

青青身上是满满的正能量，也许正是应了那句"认真工作的人很美"这句话，那段时间她的桃花运很旺。

最终她与康泽确立了恋爱关系，因为康泽与她有一个共同点，那就是他们都有一颗不安分的心，他们都觉得人生的美好是要靠自己去大胆创造的。青青欣赏康泽身上的创业精神，也欣赏他自身的修养与素质。

在两人确定恋爱关系不久，康泽就选择创业，他说从事业单

位辞职出来就是要拼一拼，搏一搏的。他说不要再过太安逸的日子，在家乡的日子一眼能看到退休。他说人生就是要给自己机会，去做了才不后悔！他说要经过几年的拼搏让青青过上好日子，他说以后要带着青青珠海住几个月，北京住几个月，成都住几个月，杭州再住几个月。总之，哪里气候好就去哪里住，两个人恩爱地过二人世界。他说为了能实现这种时间和资金的自由，只有创业才能搏得这种机会，打工永远也不能实现。他说为了青青他也要去创业。

康泽说得激昂又坚定，青青听得热情澎湃，她期待着眼前这个男人给她带来幸福的生活，她的内心甜如蜜。

康泽说想去创业的时候正在一家黄金交易公司上班，他负责公司的市场营销。黄金公司的老板吴浩是浙江人，四十五岁，中等个头，身材保持得很好，有一双精明的眼睛。吴浩欣赏康泽的闯劲和那份不可多见的成熟与职业感，他的公司是家族企业，正需要康泽这样的职业经理来管理和壮大。康泽欣赏吴总作为商人的那份敏锐，两人一拍即合，各取所需。尽管每天康泽在来回的路上至少花费三个多小时，但也不觉得辛苦，每天干得都很起劲。他们一个放权，一个尽情施展才华。在康泽工作的前两个月中公司的业绩增长了百分之三十，团队氛围非常奋进。然而，第三个月月末，康泽在与吴总谈过一次话后选择了离开。

“康泽，现在公司业绩有了很明显的提升，你带队有方，都是你的功劳啊。”吴总满意地说。

“感谢吴总认可，好成绩会保持下去的。”康泽镇定地说。

“我想跟你商量个事，你看现在业绩上去了，我想把你的工资结构做下调整。”吴总一边拿起水杯喝茶一边挑起一只眼睛观察着康泽。

“您有什么想法？”康泽心中虽有疑问，但并未外露任何情绪。

吴总看他没有情绪波动，继续说道：“你的月工资之前定的是底薪加团队奖励，几个股东经过讨论后一致建议把你的月度奖励集中发放，相当于年底的时候给你一个大红包。”

“您的意思是平时只发底薪？”康泽眼中闪过一丝不易察觉的失意。

“对，日常发底薪，年底我们根据当年的业绩情况给你发个大红包。你放心，肯定不会亏待你的。”吴总睁大了眼睛，迫切地想从康泽脸上寻找到答案，但仍然没有捕捉到任何信息。

“这与我进公司时谈的出入太大，还有没有可商量的余地？”康泽沉默几秒后说道，他没想到老板会在钱上出尔反尔，他心中断定这老板成不了大器。

“我也是代表股东们的意见，已经这样决定了，你是公司的骨干，公司希望你跟着公司一起发展。”

最终，康泽毫不犹豫地提出了辞职。他希望与一位有大将之风的老板共事，如果老板是一位大将，那他一定是最好的谋士。

康泽经历过事业单位的人情世故，又遭遇了公司老板的百般算计，更觉得世间伯乐难寻，要遇到一位真正能赏识自己的人如大海捞针，太难了。他无限惆怅。

“在偌大的北京，人潮人海，在这么多人中有谁能真正知道我的能力，有谁能真正赏识我？”康泽走在三环路上，仰头望着天空问道。似乎是在问天，也在问自己。

康泽感到了英雄无用武之地的悲哀。

辞了职，他约以前的同事杜朔一起喝酒，青青与杜朔的女朋友也到场。杜朔是他曾经带的销售，也是他团队的顶梁柱，他的猛虎队队长，现在虽然不在一起共事了，但却成了朋友。看到了

以前的领导，杜朔很激动。曾经高高在上的经理现在如哥们一般与他坐在一起吃饭，杜朔高兴得不得了。康泽没有说工作的事情，他把职场上的不悦都掺到了酒里，尽情地畅饮。聊聊过去一起工作的场景，聊一聊过去的同事，聊未来。几颗年轻的心在酒水的刺激下更加激动，他们频频举杯。

“领导，现在您在哪里高就啊？有好事记得带着兄弟，无论什么时候我都支持您。愿意跟着您干。”杜朔着实高兴，举起酒杯一口干下。

“好！爽快！以后有机会大家一起做事。”康泽也备受感染。

“领导，你是我最佩服的人，你大气还霸气。你的思维是别人没有的，你看咱们公司以前那个总监，什么水平呀！能力根本没法和你比，你这么有能力的人一定能成大事。到时候成功了别忘了你这个小弟。以后我就叫你‘哥’了。康哥，我敬你！”杜朔去掉了称呼上的敬语，但却拉近了两人的距离。

“谢谢杜朔。兄弟在一起没有做不了的事，世界那么大肯定有施展才华的时候。”康泽看到昔日的兄弟这么忠实，他倍感欣慰并觉得身上多了一份责任。

“喝。”

“干一个……”

聚会的气氛非常热烈，好久没见的几个人回忆着往事，畅想着未来。

“康泽，我工作这么久只佩服两个人，你是其中之一。”青青热切地说道。

康泽很享受地笑着喝酒，杜朔和他女朋友肖倩倩开始起哄了。

“青青姐，你们恩爱秀得太赤裸了。啊！我的心脏快受不了了。”肖倩倩边笑边捂着心脏假装要侧倒。

杜朔赶快配合着扶住肖倩倩，几人被他们夸张的动作逗地大笑。

青青觉得她说的话很正常，再一次向大家声明她说得是肺腑之言，千真万确。

杜朔也认同她的看法，不由地对康泽更加敬重。

“老领导，我再敬您一杯。”杜朔又满杯下肚。

康泽盛情难却，一饮而尽。

“领导，您和青青姐这么有能力，为什么不自己创业呢？如果你们俩人创业肯定能成功。”

“这个以后可能会考虑吧，现在还不成熟。”

“我最近认识了个朋友，他们是做咨询的。我看他们做得不错，专门给大公司做咨询服务。我还认识了几个咨询专家，他们说如果有需要，可以帮忙做咨询顾问，我那个朋友干了几年就买房了！”

“对那个领域不太懂，咨询什么？”

“就是给那些大公司做咨询，做分析，给他们分析市场等等。”杜朔解释道。

“哦，那还是跟大公司合作呢，不错嘛。”

“康哥，明天我约了咨询专家一起吃饭，您要有时间一起来坐坐，也帮我把把脉。不瞒您说，我想自己做了，不想打工了，我也二十好几了，在家里又是老大，打工赚不了几个钱，还是得自己当老板才行。”

“行，到时候你提前给我说。”

一顿饭吃下来，几人心情澎湃，像是马上就要做什么大项目一样，眼里全是希望的光芒。

晚上到家康泽就给青青说了白天辞职的事情，青青听完先是惊讶，然后快速恢复平静。她知道木已成舟，便安慰道：“既然是那样的老板，不合作也罢。”

第五章　与兄弟同时创业

第二天晚上，康泽如约赶到聚会地点。

参加晚宴的还有杜朔的朋友李明，咨询专家张嘉敏，李毅，肖倩倩，几人依次落座。

杜朔起身介绍康泽与李明和两位专家认识。

“康哥，这位是我的好朋友，李明。自己开公司做咨询，现在生意做得挺成功。这两位是咨询界非常有名的专家，也是李明公司的合作伙伴。”杜朔非常郑重地介绍着。

“李总，两位专家，幸会。”康泽起身握手，点头示意。不卑不亢，恰到好处，让人感受到了尊重又不失身份，康泽身上的气场总是那么强大。

“这位是康泽，我以前的老领导，也是我最佩服的人，我工作上的导师。”杜朔向大家隆重地介绍康泽。

大家的眼神齐刷刷地投向康泽，带着几分敬意。

推杯换盏之间大家谈论了很多事业上的话题，康泽也听明白了“咨询公司”的运作方式。原来，现在很多大公司的产品部门及战略发展部门都急缺咨询这块的服务。如果有专业、有效的分析和咨询，可以大大促进公司业务的发展。眼前的李明做的是针对大公司的市场咨询，两位专家也是市场咨询这个领域的知名人士。李明及专家建议杜朔从自己资源所擅长或者感兴趣的领域做起，康泽也赞同。

一顿饭下来，奠定了杜朔创业的决心和方向。

看着这个曾经的下属，康泽为他的勇气大加赞赏，分别之时送上了真诚的祝福。

“杜朔，好样的！没看错你，猛虎队队长。加油！”康泽鼓励地说。

“领导，您永远是我领导。以后还要您多多指教。”杜朔为领导对他的肯定感到激动。

回家的路上康泽感慨万分，回想杜朔创业的决心，他觉得他更应该去创业。他想如果杜朔都可以去创业，那么他早就可以创业了，说不定以后可以做出个上市公司，那距离给家人想要的生活就更近了。

回到家中，康泽把聚会的情况告诉青青，他在感慨杜朔创业的同时也提出了自己创业的想法。

青青看着他，问道：“你想好了吗？你真想创业？万一亏了怎么办？”

“是的，亲爱的。我现在三十岁出头，无论年龄还是阅历，都正是创业的最佳时间。我想趁年轻好好搏一把，让自己不后悔。我想给父母、给你带来更好的生活，我还想娶你的时候风光一点，这些只有创业才最容易实现。”

“你想好要做什么了吗？”

“这个简单，只要你支持，我明天就开始找项目，项目很多，主要看谁做，只要有能力，项目好办。”康泽信心满满地说道。

青青比任何人都相信康泽的能力和实力，她心中洋溢起幸福的感觉。

“亲爱的，我支持你。你创业，我守候着你，也可以帮

助你。”

“谢谢你，我亲爱的宝贝。”康泽深情地抱着青青。他感谢这个女人对他的信任和支持。

在那之后的一个月中，康泽每天都在见朋友，看展会，上网寻找项目，对比项目。

有一天，康泽兴奋地对青青说：“亲爱的，我有一个创意，如果能实现肯定能成功。”

“什么想法？”青青好奇地问道。

“你看现在像北京这样的大城市年轻人很多，但是很多人又不喜欢做饭，如果我做个平台可以解决大家吃饭的问题，那会不会受到欢迎？”康泽眼里闪着光，期待着青青的回答。

“真有这样的平台，当然受欢迎啊，我就比较欢迎，我不喜欢做饭。但你说的平台是什么样的？”青青越加好奇。

“比如你今天中午想吃红烧肉，你就提前在网上发布。现在有很多人在家里正好也没事干，看到这个消息接下订单，到点了你去吃饭就行。做饭的人还可以主动发布约饭邀请，这样大家想吃的饭也吃了，还是家里的饭菜味，也比较卫生。这是双向的，饭也吃了，朋友也交了。”

“是吗，真能这样挺好的。饭店的饭真不想吃了，既担心油不新鲜又担心不卫生。”青青高兴得似乎马上就有人在等她吃饭一样。

“你说做这样一个网站会不会火？上去的人肯定很多，几年之后说不定能上市呢。”

“嗯，不错。不过如果出现食品安全问题呢？毕竟是要吃进身体的东西。”青青又担忧起来。

“这个我们可以在网站上面设计条款，约束申请做饭的人嘛。

都不敢去吃饭，那饭店也不用开了。这个网站解决的是吃饭问题，各自达到各自的目的，如果你是做饭的人你肯定也不会拿坏的东西去做。吃完饭的人是要评价的，这个评价对做饭的人很重要，评价不好就没人再上他家吃饭了，他也就失去上平台发布做饭消息的资格了，那他也赚不了钱了。再有，如果做一件事情都想到坏处那肯定什么事情都做不了。”康泽满怀信心地说道。

青青看向康泽，虽有疑惑，但是想想如果她给别人做饭肯定也会尽心做好的。想到这点，她由衷地佩服康泽的商业策划能力。

说干就干，康泽开始准备公司的前期策划工作。俩人憧憬着网站流量大增的时刻，似乎纳斯达克的钟声就要在耳边响起，俩人内心充满了无限憧憬。

启动资金从哪里来？

青青虽然支持康泽创业，但是作为女朋友的她还没有存款。康泽把想要创业的想法告诉了父母，家人不懂互联网，不懂商业，但他们信任康泽。老两口在康泽必胜信念的影响下把老家的房子做了抵押贷款，拿出二十万元启动资金。作为父母这是对康泽最大的支持，青青为了减轻康泽的压力，对他说：“这二十万的贷款，我与你一起承担，万一亏了，我与你一起赚钱还给你父母。放心，我永远做你的坚实后盾。”

康泽感恩又深情地抱着青青，眼角渗出不易察觉的泪。

他发誓：“此生一定要做出点名堂来，一定不辜负父母的支持，一定不辜负眼前这个善良的女人。”

他告诉青青：“等网站做出个大概就可以去找投资了，这个项目愿意投的人肯定很多，你放心吧。”

这是在二〇〇九年年初，那个时候中国的经济在快速增长，

互联网公司如雨后春笋般快速地生长在中国大地，康泽坚信事业的春天就要到来。

康泽开始了他的创业生涯，青青也从事过互联网行业，每天也在积极地帮助他献计献策。

康泽在中关村硅谷租了个几十平方米的办公室，房租半年一交。公司很快就注册了下来，简单购置了办公用品，又花了一个月的时间招聘了三名技术人员，一名网页设计师，五个初创人员激情洋溢，他正式开始了创业之旅。

中国的互联网神话大多都是从这里诞生的，互联网公司自然要在中关村。康泽满腔热情地向伙伴们阐述着网站的框架、网站的归类、网站的功能、网站的定位、网站的用户行为。每天小会议室里的黑板画得满满当当，讨论不断，思想碰撞不断，网站风格很快确定下来，网站的页面和功能在不断地优化，最终经过两周的时间敲定初稿。这两周里康泽早出晚归，甚至有几个夜晚直接在公司和衣而睡。

自从康泽创业以来，青青与他见面交流的时间大大减少。康泽回来的时候她已经入睡，走的时候她才刚刚醒来。并不是青青工作轻松，而是康泽太拼命，太奋进。他说中国的互联网人都是这样干的，他的一举一动都影响着一个产业的前进速度，所以他必须得快。

康泽的公司在以火箭般的速度发展着，他们有任何想法都快速讨论并执行，创意频频产生，内容更新迭代的速度非常快。很快就到了发工资的日子了，康泽不给自己发，给另外四个人总共发了三万元，算算卡上的钱，还可以撑四个月，他期待在两个月中做出个网站的样子，拿着这些成果去融资，他想在半年之内一定要融到资金。

他们的效率很高，但做一个网站没有想象中那么容易，用户认证、权限划分、约客功能、任务分派、支付功能等一系列创业初期没来得及深入考虑的功能都迸发了出来。不断更新，不断完善，第五个月的时候勉强做出了可以对外的雏形。

康泽信心满满，带着对外宣讲的 PPT 开始接触投资商了，这又是康泽新一轮的早出晚归，不同的是现在他不在去见朋友的路上就在去见投资商的路上。他见人就说项目，并给网站起了个很形象的名字“一起约饭网”。

万事开头难，融资也是一样。夸赞、叫好、鼓励他的人很多，但是谈到投资时大家都很谨慎。

康泽要融的资金不多，五百万元，让出百分之二十的股份。他给网站的估值要远远高于这个数值，他认为他要得不多，他计划用五百万元来扩大规模，把网站的品质做得更高一些，然后开始做运营，让网站开张，随着网站开张，各类广告费、平台运营费就够他公司的支出了。他信心满满，到处宣讲。

可又两个月过去了，听得热血沸腾说要考虑的那几个老板都销声匿迹了。

康泽惆怅了，员工的工资该发了，房租也该交了。

一筹莫展之际康泽又想起了杜朔，他在想“我遇到的问题杜朔可曾遇到?”他举起电话打给了杜朔。

第六章　创业心得

晚上两个创业的人走到了一起，几乎同一时间创业，两个人有说不完的话题。当了老板的杜朔变得不一样了，早已褪去半年之前的稚嫩，俨然以一位成功人士的形象出现在康泽面前。从管理到业务，说得铿锵有力。

酒过半巡，康泽推心置腹地问杜朔："兄弟，你现在成长得挺快。公司业务也做了起来，我为你高兴。"

"谢谢康哥。你的业务才好，做起来那是要上市的。我这都是小打小闹。"杜朔说得谦虚，但却面露骄傲。

"你那都是跟大公司做业务，那可不是小打小闹。不过，你老婆也跟着你在公司做，不怕创业失败了吗？你们的启动资金从哪里来呢？"康泽急着切入正题。

"我老婆负责业务，我负责整体管理，配合着做也挺好。刚开始做的时候也是家里给了启动资金，现在刚签了个单子，能赚一些钱。我们这样的公司只要维护住几个大客户就可以过得很滋润了。"杜朔大手一挥又喝下去一杯。

"看样子你们今年一年的日子都好过了。有没有想过如果哪一天客户流失了，资金链断了怎么办呢？"

"那不可能，我们公司的专家还是实力很强的，客户不找我们是他们的损失。"杜朔肯定地说道，显然不想听到资金断裂之类的话。

“未雨绸缪也是一个经营者需要考虑的事情嘛。”康泽端着酒杯似乎是在对自己说一样。

“康哥，那都是以后的事情。资金链真要出现了问题那还不好办，现在信用卡套现、银行贷款多得是。真到那一步，如果这个行业还值得我去做，那我就算办贷款也要把公司维持下去。我这辈子既然选择了创业就不会再回去打工了，你让我再回去做员工，我回不去了。”杜朔说完又把一杯酒爽快地干了。

“豪爽！兄弟，干了！我就欣赏你身上这股豪爽劲儿！”康泽起身干杯。

……

快到发工资的日子了，公司账户所剩无几。康泽放下手中的工作，站在办公室窗前凝视着前方，此刻他停止了产品和融资方面的思考，数月的忙碌让他过得非常充实，但眼前的难题让他感到创业的艰辛。这半年来他每天都在拼命地忙，一秒钟都不敢耽误，没想到现在遇到了发工资这个难题。

真是一分钱难倒英雄汉啊！康泽在感慨之际突然想起来杜朔说到的信用卡套现这个方法，他眼中划过一丝惊喜。

“这真是上天在帮我呀！”康泽高兴地说道。他赶紧翻开钱包打电话咨询信用卡的额度。

几张卡加起来有二十万元的额度，康泽高兴得合不拢嘴。

康泽的公司继续谈着融资，几名初创人员也盼着融资到位。每天除了开发网站也关心着老板的进程，因为他们希望早日实现做上市公司创始人的梦想，每天叫醒他们起床的是公司换新办公室的情景，美好而伟大的梦想在这间小办公室里编织着，他们期待着自己站在行业制高点的那一天早日到来。

融资并不是康泽想象得那么简单，即使是他认为不多的几百万元。他所能想到的有钱人、有可能投资的人，都已经找过一遍了，但都迟迟没有回复。

康泽的一大半精力放在了融资上，民间资本融不到，他开始找专业的机构来融资。他找了几家投资公司，按照投资公司的指导做了市场评估，也花了几万元做了融资报告，一套流程做下来又三个月过去了。

康泽看势头不对，赶紧又办了几张信用卡，并且办了有年费的贵宾卡，因为这种卡的额度高。多张信用卡加起来又有了五十万元的额度，这够他支持大半年。

康泽信心百倍地带着报告去参加投资洽谈会，接洽了几家意向投资商，与投资商又展开了实地考察、分析评估等一系列工作。每次都是看到希望在前方，但却无声地结束。

融资是个漫长而又折磨人的事，康泽不知道为什么别人那么容易成功，而他却频频受阻。长期没有资金到位，在网站上线一年的时候技术人员流失了一个，还剩下三人苦苦支撑。虽然资金没有到位，但网站的维护还有条不紊地进行着。

随着互联网行业的蓬勃发展，人员工资也在连年增长。康泽的融资之路坎坷崎岖却又充满希望。网站上线第二年，康泽接触到了真正的互联网投资人，为什么说是真正的互联网投资人呢，因为这是青青的大哥青波帮忙牵线介绍给康泽的，那是曾经给青波的公司投过资的投资人，青波当时也在创业期。

接触过几个投资人之后，康泽发现他可能在过去的一年被所谓的投资公司骗了。那些公司根本没有实质的资金，做报告也许就是他们的主营业务，洽谈的投资商可能也是一个幌子。

康泽开始了正式的融资，初次见面，康泽用他的激情演说打动了投资人，投资进入了实质性阶段，投资人要的东西远比他想象的细致。他在资金有限的情况下又招聘了一名财务人员，股权划分、过往账目、资金分配、用户规模、市场前景、网站估值等一系列数据和报表等着康泽去准备。顺着投资商的要求，他公司的几个人全部忙碌起来，材料准备、沟通、开会、股权分配讨论，几个月的时间过得很快。在这期间，康泽每次觉得提交的材料都很全面、很有说服力，但投资人看后总会再补充几点。提交了两次之后投资人不再那么热情了，康泽预约投资人也不那么容易了，融资似乎又遇到了瓶颈。

青青看着康泽一筹莫展，心里也为他着急。但她也帮不上忙，只能问大哥青波，让青波侧面问一问具体情况。

“投资人觉得康泽有激情，对项目也挺感兴趣，但是有一些疑问提出来之后，康泽并没有直接解决投资人的疑问，而是巧妙地避而不谈，一再强调他认为的项目的优势。对投资人提出的问题忽视，这样的沟通让投资人渐渐失去了热情。”青波惋惜地说道。

青青听后婉转地表达给康泽。

康泽生气地说：“他们说的根本不是网站的发展问题，他们说的都是小问题。那些还用给他们说吗？”

“可是，那是人家提出的问题，你要正面给予解答啊。”青青耐心地解释着，生怕触动康泽那根紧绷的神经。

“那种问题根本不存在！”

“那也要给投资商回复啊。”

“不投就算了，合作也是看缘分的，没有缘分就算了。”

青青无奈，但她选择相信康泽的能力，他说什么便是什么。

这几次融资之后，康泽认定了合作要看缘分，反而不那么着

急了。

他的心思回归到了项目本身，每天如打了鸡血一般投入到网站的功能优化及运营。青青看到他忙碌，以为网站可以收支平衡，她不知道的是康泽早已开始用信用卡套现的方式在维持项目运转。康泽扛下了所有压力，让青青丝毫感觉不到异样。

每天伴随康泽的是他伟大的梦想，他对未来充满希望，更充满期待。

第七章　修成正果

人，最怕认真。

对待一件事情认真了便有了期待，有了期待便有了希望，有了希望便有了动力，有了动力便充满无限能量。

他们与大多数北漂一样，虽然每天上下班在公交地铁上拥挤着，但是内心有力量，每天朝气蓬勃，乐在其中。

青青第一次回康泽家，因为春运票务紧张，他们只买到了临时客车票，需要三十几个小时在路上，又旧又漏风的火车上几乎感觉不到暖气。

青青的母亲心疼地问女儿："你累不累，那么远要不就别去了。"

青青满怀幸福地对着电话告诉母亲："不累，不累。只要与康泽在一起，坐一个星期火车也不累。"

母亲听到此，也只能笑笑。这就叫一个人内心充满力量则万事无阻。

青青就是这样一个纯粹的人，只要她认定的人，她可以把一切都给他，毫无保留，包括她所有的信任，毫无芥蒂地给予那个人，这是不掺杂任何杂质的，纯净度如最高级别的钻石那般，全身心地投入，全身心地给予，容不得一丝一毫的杂念。她身上有非常明显的"狗"的特性——真诚、灵敏、忠诚。这也许与她

是狗的属相有很大原因吧。

终于，两个怀有共同心愿的人经过四年多的恋爱，牵手步入婚姻的殿堂，有情人终成眷属。二人的婚礼在身患重病的康泽父亲离世前顺利地举行了。

青青无条件地支持着康泽，她认为她所选择的男人必定是这天底下最优秀的、最与众不同的男人，是一定能够做些名堂出来的。从二十几岁开始她就一直这样认为，所以她的支持，是从资金上、从精神上、从情绪上，从她能想到的方方面面去支持的。

日子就这样过着，青青一直在公司上班，虽然她那颗想要创业的心一直在跃动，但是考虑到一个家庭至少要有一个人稳定的情况下，她经常按捺住自己那颗从小就热情洋溢的从商的小内心。

康泽继续创业，期间有喜悦有压力。青青一直默默守护在身边，毫无保留地支持和鼓励。只要康泽决定的事情她都百分百支持，因为她认为这是两个相爱的人最起码的信任。她要给予她的爱人这种高质量的信任，高质量的爱的享受。当然，康泽对她的照顾也是无微不至的，青青说口渴了，康泽会立马起身去倒水，拿给她喝。这在他们之间是普通得不能再普通的动作，可让他们意识到这是恩爱的起因是别人的发现。有一年，康泽与青青回老家过十一，她说口渴了，康泽起身去找水的时候，她的准小嫂子睁大眼睛问："你们在家也这样吗?"青青说："是的，怎么了?"

准小嫂子说："你哥肯定不给倒，不信等你哥来，你看你哥怎么说。"

正好小哥进门。

这时候准小嫂子对小哥说："我口渴了。"

小哥怔怔地看着准小嫂子，一时没有动作和语言，看样子是在纳闷："你口渴了跟我说什么?"

准小嫂子又说一遍："我口渴了!"

说完，看看青青，俩人一笑。

小哥更不懂了，不耐烦地说："你口渴了，自己喝水去，跟我说什么?"

准小嫂子说："你看人家青青和康泽，青青一说口渴，康泽就给倒水，你也不说给我倒杯水去。"

这时小哥才反应过来，悻悻地拿个杯子过来，但还是让准小嫂子自己去倒水。

就是这次不经意的倒水事件，让青青觉得与康泽一起生活是当初多么正确的抉择。

生活的细微之处总是洋溢着幸福和甜蜜，两个人的日子你侬我侬，琴瑟和鸣，相敬如宾。

第八章　信用卡

康泽的项目虽然迟迟没有新的资金注入，但他每天仍然充满希望，他坚信他可以成功，他坚信上天不会给他糟糕的命运，他相信算命先生说他能赚到大钱的预测。康泽对事业充满热情、对生活充满热爱、为人处世不拘小节、崇尚英雄格局，却也有性格偏执的一面。每天他都斗志昂扬，无论谁提出疑问，他都会用成功学的一套又一套话让对方信服。渐渐地，他的自信已经变成了自负。

项目上的开支只能用他的信用卡来支撑，月月如此，收支不平衡，但他却不放弃。他不相信他那么快就失败，他不想承认自己的失败，他告诉自己："成功没那么简单，也许再坚持一下就会有曙光。"每当他想要放弃的时候他就想起来这样的话，同时还想起来一个个经历创业失败而又崛起的成功人士，这些人都是他的榜样，他相信自己终有一天也会成功，现在的失败都是上天给他的考验，如果他放弃那就是没有经受住这种考验，如果坚持下来说不定下个月就有转机。一次又一次，康泽都是这样想。一月又一月，他都在用信用卡维持项目。在这期间他一件新衣服都舍不得给自己买，但在项目的投入上却丝毫不手软。他对创业进入了着魔的状态，此生非创业不可。这与他偏执的性格有关，也与他从小的生长环境有关，儿时优越的环境让他想象不到生活的苦难。在生活中，如果他决定要去做的事情，这个世界上恐怕还没有人能够阻止和影响他。青青的父母曾多次劝说他找份工作安稳地过日子，他全都用“只有创业才能给两边父母和老婆孩子带来美好生活”的理论反驳了回去。在他自己的信用卡额度用完了的时候，他惆怅了。他想：“如果现在就停下来，那之前的投入就全都白费了。如果能够再有资金持续进行说不定可以获得转机。可钱从哪里来？最快的速度就是青青的信用卡套现，她会同意吗？会吗？……她应该会同意，她那么善良，她一定会支持我的。我并不是拿着钱去胡作非为，我是为了给她搏一个好的未来！她肯定会同意的，我做的是正事。”

想到此处，康泽开始在心里暗暗想着如何向青青开口。

青青一直努力地工作着，在几年间虽然换了两家单位，但因为业务能力突出，在单位都做得不错。她的从业背景非常好，所在的单位都是行业知名企业。

青青是非常守时的，如果与人约定了时间，她上刀山下火海也会在约定的时间内到达，她计划性非常强，执行能力也很强。在生活中，她在使用信用卡的过程中也非常守约，信用卡在她的手里没有出现过忘记还款的情况。也许正是因为这个原因，她名下信用卡的信用额度提升得很快。

康泽在创业的过程中遇到资金周转不开的情况，就稍显沉默，略带烦躁。有一次，康泽小心翼翼地问青青：“老婆，你的信用卡上还有钱吗？”

在问之前康泽是知道她的信用卡上有钱的。

因为青青的生活很简单，生活也相对简朴，没有购买奢侈品的习惯。她的工资也够自己花费，根本用不着透支信用卡。

她的第一反应是：不能给他！说好的他负责创业，我负责稳

定的，动了我的根本万一还不了怎么办？

青青想着这些后果，也在委婉地表达着这个想法。

康泽失望地看着远方，情绪低落。

冰冷的气氛在两人之间凝固着，无人打破僵局。

青青看着康泽略显疲惫的脸，心里说不出的滋味。

这个男人，那么高傲的男人，那么魁梧的男人，那么自尊的男人，今天因为钱像孩子一样向她低头。心疼！是的，青青这个时候更多的是心疼这个男人。创业让很多人获得了财富上的自由和成功，可是康泽却在这里频频受阻。她心疼眼前这个男人。

她现在才知道，康泽已经把他自己的信用卡透支了，每个月循环还着本金和利息，保障信用卡不逾期。

看着康泽的脸，她在想他现在一定很失望吧，他现在一定在心疼吧，他是不是在想我这个女人怎么这么自私？

青青原本就是个善良又心软的女孩，怎么能看见自己所爱的人受这种折磨呢。

……

她得帮助他，这种时候怎么能不帮助他呢。既然爱她就应该毫无保留地爱他，包括金钱上也应该毫无保留。

康泽不也是扛下来所有的压力吗，亏了钱，为了不让她担心而不告诉她，为了不让她受到资金压力的影响，康泽不也是一个人承受着亏损吗？

想了很多，最终她还是妥协了。

青青决定打破僵局，帮助这个她深深爱着的男人。

“需要多少？”

康泽抬头看着青青，一种复杂的眼神在他眼里悄悄地掠过。

“五万。”康泽慢慢地说。

“那你把T银行的卡拿去吧，里面是五万元的额度。卡以后你就拿着吧，记得按时还款，不要逾期。”

“老婆！谢谢！”康泽含情脉脉地看向青青，投来微笑。

岁月如歌，时光静好！

日子就这样一天天地过着。

青青那年发了五万多元的年终奖也是为康泽垫了一半去做项目公关。但最终项目也以别家中标而终结，钱花了，时间也虚度了。

青青的工作在稳步前进着。这一年，她到了另外一家公司做了部门经理，负责一个项目的开创。每天忙得不可开交，但是她乐观积极，工作效率极高，遇到问题披荆斩棘。青青开创着自己的事业，并且做得有声有色。

在这期间，她的信用卡或多或少地都被康泽用着，康泽的资金似乎总也周转不灵，总缺乏资金，总不能盈利，总需要支持。

自第一次有过不情愿时看到康泽的表情后，康泽再有信用卡上的需求和要求，她都统统满足。虽然也有不情愿，但最终青青还是认为，已然成为夫妻，就应该一心一意地去全力支持另一半的发展。

她也想得开，她告诉过康泽，只要保持不逾期，康泽只要不让她的信用卡逾期就行。

她想“反正钱也是银行的钱，银行给我钱，我不用，让康泽用也一样。”

康泽确实也及时地还着信用卡，随着青青信用卡使用频率的提升，她信用卡的额度提升得非常快。好几张五万元及以上额度的信用卡，有三张白金卡，还有一张十万元额度的Z银行卡，一张七万元信用额度外加七万元贷款额度的H银行卡，仅这一家

银行就给青青批准了十四万元的额度，那段时间T银行又通知她可以电话申请贷款十五万元，说只有部分高质量客户才有资格，而且不用提交任何材料，只要她同意就直接开通。

青青听着这些，心里是喜悦的，她没想到她的额度可以这么高，她自己拿了两张额度为一万元的信用卡用于日常生活，其他的卡都在结婚后的那两年间陆续交给了康泽。

康泽也如他们约定那般，每个月奔波于各大银行之间，按时还着款，没有出现过一次逾期，连同他自己的信用卡在内都是保持着良好的使用记录。

青青还是那个想法，只要没有逾期，他怎样都行。

无条件地支持他，无条件地信任他，无条件地配合他，无条件地爱着他。

有一段时间青青发现康泽出去还款的时间比之前少了，后来才知道，原来是康泽找了个专门刷信用卡的人代还。

信用卡套现之后需要每个月还入最低还款额或者全额还款，还不上的人都会选择找人代还然后给对方手续费的方式来保持信用卡不逾期。康泽有个固定的合作伙伴叫李海，每个月他都要拿着十余张卡去找李海代还，每次他们都是约到地铁站内碰头。

“康哥，您每个月找我好几次，资金量也不小，您在做生意吧？”李海试探性地问道。

“嗯，做点小生意。”康泽低调地说道。

“现在生意不好做，找我刷卡的人可多了，好多都是创业的老板，大家都不容易。我每天满北京跑，有时候晚上十点才到家呢。”

“那你生意好啊。”

“咳！好啥呀，我们也是担着风险呢，要是遇到钓鱼的，我们可就惨了。”

“什么钓鱼的?”

“现在管得严，抓一个就狠罚，罚一次一个月就白干！我们都不太敢干了”李海表情凄苦。

“哦，但这是很多人需要的啊，如果你们不干，我们资金链跟不上征信不就出问题了吗?”

“谁能知道呢。现在不是老客户我都不出来，谁能知道对方是干什么的。我们现在也不好干了!”

“谢谢兄弟啊。”康泽庆幸自己不是对方的陌生人。

“康哥，我们这个不知道能干到什么时候。你的资金要实在倒不过来可以去贷款啊。现在小贷公司多得是，我们有几个朋友都转行做贷款公司了。”李海又一次试探地问道。

“贷款？我还没想呢，我想信用卡如果能倒得过来就用信用卡，生意不会总这么差吧。”

“以后生意好了也可以扩大规模嘛！现在贷款的人可多了，每天征信中心都排满了人，而且现在贷款不像以前了，现在贷款可好贷了。像您创业可以贷款，如果您在国企大公司更好贷。”李海激昂地说道，好像他是贷款公司的业务员似的。

“为什么大公司的人更好贷?”康泽听进去了，因为青青正好符合李海所说的是在大公司工作的人。

“因为能进大公司的人工作相对稳定，而且肯定是大学毕业，他们的学历和从业背景比较好，发工资也固定。贷款得看半年的工资流水，他们贷款不怕还不上，风险小。”李海看康泽在思考，马上补充到。

“那我好贷款吗?”

“这个不好说，得看您的征信了，您的信用卡太多，这些都

算负债。即使能贷款估计批的额度也不会太高。不见得您开公司就比人家大公司的人贷得多。”

“哦!”

“康哥，您要是贷款您跟我说，我朋友开了个小额贷款公司，到时候我给他们说说。”

“行，有需要我再找你。谢谢!”

“康哥，别客气。我也是想帮您一把。”

俩人匆匆说完“再见”就分开了，李海担心被人看到。

康泽在回家的路上回想着李海的话，心想人在社会中还真是各行各业的朋友都得交。这李海还真不错，热情、脑袋灵活，这个朋友值得交。他仔细分析着李海的话，自己的情况他知道，一直没有打卡工资，目前肯定不好贷款，他盘算着从下个月起得固定打工资了。可眼前的资金问题怎么解决呢？青青的工资是固定发放的，应该有流水。青青可以贷款，但是她会给自己贷款吗？也许不会吧，怎么才能找到钱呢？

康泽想了一路也没想出好办法，最后决定回趟家乡找朋友最后一试。

晚上等青青回到家，在她开门的时刻，康泽把最后一道菜下锅。炒菜的声音让她感受到家庭的温馨，幸福感溢满周身。想必神仙羡慕的生活便是这人间烟火味吧。

“亲爱的，你今天怎么回来这么早？”青青兴奋地问道。

“今天的事情少，我就早点回家给老婆做顿饭嘛。”

“那我就吃现成的了？”

“只要老婆吃得高兴，我天天给你做。马上就好了啊。”康泽忙着开始盛菜。

听了康泽的话，青青心里流过一阵暖流。

康泽的厨艺很棒，饭菜色香味俱全，俩人吃得高兴。

“老婆，我可能得回趟江西。”康泽说完继续低头吃饭。

“啊？什么时候回，家里有什么事情吗？”

“就这几天吧，张聪说让我回去帮他做个培训。”

虽然青青没有见过张聪，但她知道那是康泽的好友之一。

“干吗让你给培训啊？”

“他亲戚承包了个商场，让他主要管理，但他一直没管起来，想让我过去给那些人专业地培训一下。主要是去支援他，给他打配合。”

“哦，那就赶紧去吧，他肯定是快支撑不住了，要不然怎么会想到从北京搬救兵呢。”

次日康泽便动身回江西，他真去找了张聪。还是他们聚会的老地方，两人喝茶，侃天说地。

“康哥，你那边做得怎么样？有啥发财的项目带着兄弟一起做啊。”张聪也在到处找项目，人到中年，上有老，下有小，都在想怎么赚钱的事情。

听到这里，康泽收了收嘴角。看样子，从张聪处是无法筹到钱了。

“我现在还是做互联网。”

“康哥做得就是高大上，能赚钱吗？能赚钱的话给我弄个代理商资格，也拉兄弟一把。”张聪眼巴巴地望着康泽，希望能得到肯定的答复。

“我那个网站现在还没有铺开，等铺开后肯定能盈利，到时候江西市场就留给你。”

“那敢情好，兄弟！我等你的消息。”

“那得等盈利才行。”康泽迟疑了一下说道。

“没事，有兄弟这句话就行。你是我朋友中最有魄力，也是最有能力的一个，我相信你。”

“这么肯定我啊。感谢！可是我现在也遇到了困难。”康泽终于找到了契机，开始谈自己的情况。

“哦，咋了？”

“互联网烧钱比较厉害，我前期的投资到现在还没有变现，但是现在又没有资金继续支撑了。北京的房租贵，人员工资也贵，每个月都支出不少，真不知道我能不能挺到盈利的时候。这几年创业的人越来越多，基本都和我一样，想着做个东西出来马上就去找投资。前几年只要稍微有点创意的项目都能融到资，可没想到今年的行情变了，我这项目这么好都很难融资。投资商以前看前景，现在开始看数据了。我正好赶到了这个关卡上，数据也不是一天两天就能做出来的，这就把我给拖住了。为了维持这个项目我已经开始透支信用卡了，现在停也不是，不停也不是。停了，之前的投入和心血就相当于打了水漂。不停的话，马上就要面临发工资的事情。”康泽看着桌上的茶杯，颇有感慨地说出了这段话。

“前两天我在网上看到这方面的消息，当时还以为是假消息，没想到就发生在我身边啊。”张聪一副感同身受的样子。

“其实这次回来是想看看你这里有没有资金，愿不愿意一起做这个事情。只要我们把网站维持到投资到位，一切就好了。”康泽激情地说道。

“投资我哪敢呀，你也知道我的情况，这些年也没有大的收入。不瞒你说，我现在手里就三万块钱。你要觉得能帮到你，就先拿两万用着，给我留一万块生活费。”张聪义气地说道。

“以茶代酒，谢谢兄弟。”康泽对眼前这个兄弟有些感激，举起茶杯相敬之后一饮而尽。

“你每个月给员工肯定得发不少工资，我的钱估计也帮不了多大的忙。不过我知道现在咱们这里几乎家家都把钱放在外面吃利息，亲戚朋友之间借钱都按照那个利息走，这几年都成默认的规矩了，满大街都知道，因为放到银行利息太低了。我的钱不多，你随便用。你如果还缺钱，问你家亲戚。”

“怪不得我总听家里人说把钱放在银行不赚钱呢，原来现在私人借贷这么活跃，都想钱生钱。亲戚和一般的朋友我不想张嘴，要不然以后见面矮三分，人家都知道我在北京呢，如果还跑回老家问亲戚借钱，让家里人面子往哪搁呢。”

“这样不行的话，那就只能借更高利息的那种了，快跟高利贷似的了，这些人不在你的圈子内。但是借了一定得按时还，否则可是有你受的。如果有需要，我帮你联系。”

“高利贷！听着都瘆得慌，这可不敢借。你这是在给我帮忙出主意吗？”

“咦！我老婆她哥哥，你也知道的，生意做得大，说起来也挺有钱，但资金短缺的时候也借过这种钱。他一般借的时间都不长，关键是这个钱放款快，当天就能给你。一般都是做生意的人借这种钱，都跟你一样。”

听着张聪的叙述，康泽陷入了沉思。张聪的两万块钱解决不了眼前的问题，家乡这边问谁借钱都得支付利息，那不如问陌生人借吧，哪怕多付一些利息也值。

最后他决定先借五万块高利息的钱，快速解决眼前的现实问题。筹到钱，康泽即刻返京，回到了正常的工作与生活。

他呈现在青青面前的永远都是一片祥和的景象。

直到有一天，青青听到康泽在与人打电话说每个月还四千块

钱利息的时候，愣住了。

“什么利息？怎么这么多？”青青按捺住心中的疑惑问道。

康泽支支吾吾不肯明说。

青青见状，追着询问，终于问了出来。

原来康泽在几个月前回江西老家不是去培训，而是去借钱。借了五万元，每个月仅利息就得四千元。

听着这些，青青心里不是个滋味。

她在想，不是把信用卡都给康泽了吗？那好歹也是几十万呢，怎么这么快又支撑不住了，怎么又没有了？怎么还借起高利贷来了！

青青生气，非常生气，却也非常无奈。

这次她很不能理解，她的心里就像被掏空一样，很无力，很难过。康泽亏的钱够她上好多年的班了，很多人一辈子都赚不了那么多钱。她想到这几年每天那么辛苦上班，追公交、挤地铁，穿着高跟鞋满北京跑，顶着烈日、挡着寒风，连年假都不休地勤劳工作却不如康泽几年的亏空。

辛辛苦苦挣钱有什么意思？还不如他少亏点！生活什么时候变成了这样？高利贷竟然也与我有关系？

想到这些青青便觉得生活很累，上班很辛苦。

“你怎么能借这种钱，每个月要还那么多利息，我上班这么辛苦才赚多少钱？你轻轻松松就给别人还那么多利息，你把这些钱给我不好吗？”青青愤愤地问康泽。

“如果当时不借，可能就支撑不住了，信用卡可能就要逾期了。”康泽解释道。

“那你越借越多，怎么还？”

“放心，老婆。我有办法！之前只是项目上判断失误，现在我经验越来越丰富，抓住这个机会就好了。”

青青就是这样单纯，就康泽这句话，她的情绪就缓和了很多，她又放心了。

为什么不放心呢，又有什么办法呢？这可是她所爱的男人，她毫无保留倾心去爱的男人告诉她的，她当然要相信。

所以，她还是如以前一样，一如既往地纯粹地信任他。

第九章　贷款

日子又如以前一样平淡而幸福地过着。

一天，康泽接到了高中同学魏海明的电话。

“康泽，你还好吗？我从同学那边要到了你的电话，听说你在北京啊。听出我是谁了吗？”

“魏海明？你这大老板怎么想起来给我打电话了？”康泽对于魏海明长达几年的不联系感到不满。

“哎呦，兄弟，不要怪我啊，前几年实在是太忙了。上高中的时候在你家一住就是一个暑假，你父母都对我那么好，这么说就见外了。”魏海明赶紧解释道。

“原来你还记得啊！听说你在福建做得不错，是要在那定居了吗？”

“我准备回老家发展了，前些年在这边做工程赚了点钱，想回家定居了。现在房地产发展得那么迅速，我出来这些年也积累了些资金和资源，准备回咱们市里做房地产。”

“你这都是大买卖呀。”

“我就投几百万，剩下的还有合伙人呢，我是只个小股东。”

“你这可以啊，搞房地产，魏总做大了，几百万都算小钱了！有钱给我们投一点啊，我正找投资呢。”康泽兴奋了起来，心想资金说不定要有出处了。

“我的现金流就那几百万，回家买两套房，再买个门面让老婆收房租，剩下的全部投到房产开发上了，还是得用钱赚钱。我也是看准了机会，找朋友帮忙才入进去当了股东，现在房地产太火了，房子好卖，大家都在抢时间。这个楼盘开发下来得上亿的资金，相当一部分资金都是来源于银行贷款。”

“那到时候亲戚买房你得给打折呀。”康泽听到融资无望，只能顺着魏海明的话往下说。

“那肯定的，内部价格，哈哈！”

“你是怎么赚到这么多钱的，有什么门道没有？”康泽好奇地问道。

“哪有什么门道呀，我们家条件你也知道，啥背景也没有，出去了就拼命赚钱。前几年挺辛苦的，还住过一段时间地下室，后来业务做起来了，几年就赚到钱了，那几年只要瞅准了机会赚钱也很快。你现在在做什么，情况怎么样？”魏海明激动了半天才想起来问康泽的情况。

“我还凑合吧，也在创业，做互联网。”

“你们那个我不懂，应该挺好的。赚钱快吗？”

“做好了也很快，像百度、阿里巴巴那样。”

“那你厉害得很呢！”

“不过我的业务还没做起来，今天还正愁员工的工资呢。”

“啊？有那么困难？”

“是啊，融资不到位，我自己的钱都花完了，现在举步为艰。有时候都想放弃了，万一做不起来，再把家庭经济拖垮了，那人生可就悲惨了。”

“我感觉这几年的钱还挺好赚的，你要是觉得项目有前景最好抓住机会，该坚持还得坚持，有时候往往再多坚持一步就会有转机了。

男人的肩膀本来就是用来扛压力的，你能扛多大的压力就能享受多大的成就，马云创业不也经历几起几落嘛。创业到了一定的时候就得坚持，这个我也深有体会。就是现在要做的房地产也是要贷很多款才能继续，谁也没有那么多现金流，大多都是靠贷款。”

……

将近一个小时的通话让康泽知道了魏海明的发家史，在魏海明辉煌战绩的对比之下是康泽面临艰难境地的心酸。魏海明为联系到康泽而感到很高兴，他激动的情绪也感染了康泽。

挂了电话，康泽还沉浸在魏海明的高谈阔论之中。激动的情绪持续了整整一个下午。回家的路上，康泽回想着与老同学的对话，莫名地感到一阵失落。

“魏海明成功了，衣锦还乡了，是房地产公司的老板了。我怎么还发不出工资呢？他哪里比我强呢？我如果现在停止创业去打工，以后回到家乡见到他得多么尴尬呀。”康泽想象着那样的画面，心酸得让他想要借酒浇愁。

对于眼前公司经营的艰难处境，康泽也曾想到过要放弃，也曾想象过与青青安安稳稳地过小日子的那种幸福画面。但是这种想要停止投资、停止创业的想法在魏海明一个电话之后消失得一干二净。不但没有坚定他停止创业的决心，反而促使他作出此生一定要通过创业来闯出一片天地的决心来。

晚上到家，康泽对青青说了魏海明与妻子一起到外地打工、创业，现在又回家乡发展的事情。青青听后也为魏海明感到高兴，毕竟这是她爱人的同学，她当然希望他们发展得好。

但是在为别人喝彩之后，她同康泽一样，内心产生了一丝酸楚。看着康泽回归平静，她也若有所思，此刻她闭上眼睛默默祈祷康泽能够事业有成。

过了几天，康泽问青青。

“老婆，我问了个贷款公司，你的资质好，应该可以贷一些钱出来。”

“贷款？我不贷！”

“老婆，贷款利率低，贷款几万块每个月利息才不到一千块，比现在一个月给人家四千块划算……”

青青根本听不懂利率这些，更不愿意去算到底多少钱。

她气不打一处来，康泽也不敢再说什么了。

过了几天，又听到康泽在说还利息的事情。她心里难受，真是难受。

“作为夫妻，看到另一半有困难应该出手相助吧，让他一个人这么苦苦维持，我是不是有点太狠了？”青青这样想着，内心带着一丝自责。

看着康泽的背影，她发现，这个男人那伟岸的身型似乎变得消瘦了一圈，趴在电脑桌前已不再有初识时的英姿。

“是什么摧残了我的男人？”她心里暗想。

好心痛啊！

我心中那帅气、阳光、伟岸、英姿飒爽的男人呢？

心如撕裂般地痛。

于是，在一个阳光明媚的下午，青青问康泽：“老公，你的那个利息还得怎么样了？”

“还着呢。”

“哦。”

“怎么了？”

“没事，我就是想你压力不要太大。心疼你，老公。”

“原来老婆是关心我的，好老婆，你真是我的好老婆。”

“我当然关心你啊。我希望你压力不要太大，希望你开心一些。”

“开心呢，老婆，有你在我就很开心，你是上天赐给我最好的宝贝。”

“老公……”青青眼里含着泪水，被他的话语感动着，同时也心疼着他。

“老婆，放心吧，没多大的事，这点压力在你老公面前不算什么。刘邦当年创业也一把年纪了，而且啥也没有，还是吕后慧眼识珠，跟定了刘邦，最后才成了大业……”

“臭老公。”

康泽最让人敬佩的就是他身上的这份大气，这是让青青欣赏到骨子里去的品质，这在一般人身上是很难有的。

当年她在北京“八大处”许的愿望就是“希望能遇到一位心胸宽广，有修养、有气度、有思想高度的男子做她的男朋友”。

结果当年春天就遇到了康泽，直到现在，她还是被康泽这种“泰山崩于前而面不改色”的气度深深地吸引着。

回想起过去的种种，幸福的暖流在青青心头流淌。

她问康泽：“老公，你上次说的贷款是怎么回事？”

“老婆，你不想贷就不贷了，我不能让我的老婆为难。”

可康泽越是这样说，越是坚定了她要给他贷款的决心。

“没事，老公，我也不想每个月多给那么多钱出去，那不是浪费吗？”

“老婆，感谢你这样想。我问过了，你的工作单位好，好审批，下款也快。”

“好吧，你问需要什么材料，我去准备。”

“需要……”

几天之后材料准备齐了，青青给单位说的是要买车。

“这些材料准备齐全，三天时间款就可以到账了。”贷款公司的人说着。

青青仔细一算还真是挺划算的，至少是比那每个月四千多利息的高利贷划算多了。

也许因为青青的工作背景比较好，在知名企业工作，信用记录又非常好，所以她的贷款申请非常容易审批，属于贷款公司比较喜爱的客户。

而且贷款公司的人也对她说：“因为您的从业背景和征信比较好，所以利率是最低的。”

这让她和康泽高兴了好一阵子。

青青没想到她的贷款资质那么好，也逐渐地接受了康泽的理念。康泽说：“现在有人借钱给你让你去做事情，这是多么好的机会，有多少人想贷还贷不了呢。”

是啊，银行的人也是这样说的：“欢迎您这样的优质客户，精英客户”。

贷款这个渠道又打开了。从开始的质疑、不愿意，到后来的无条件配合。

终究还是那个原因“青青毫无条件地爱上一个人，就会毫无保留地为这个人付出，为他解忧，为他承担，为他做一切她能做的事情”。

就这样，结婚后这两年时间青青总共为康泽贷款两次，第一次三十多万元，第二次五十多万元。公积金提取两次，有十多万元。信用卡八张，五十多万元循环滚动使用，平时的奖金和工资除了日常开销，基本都是用于康泽的还款。几年时间估算下来将近有二百万元，这当时在北京可以付一套城区房子的首付了。在贷款的过程中她才算见识了现在贷款领域的混乱，业务人员为了

赚钱把一份资料给好几家平台，并且都三万、五万地帮他们借到款，有时甚至帮忙做资料，极力劝说贷款。

康泽每年都会回老家一次，每次的时间或长或短，长的有半年，短的也有一个多月，北京的业务遥控指挥。

他每次回家青青都会与他闹点小脾气，他总是回去谈项目、争取机会，找钱，为家庭奔未来。可青青也并非跟他真的闹，其实每次都是因为思念他了。

一个把身心全都交给另一个人的女人，怎能接受爱人离开那么久。青青心里有气，可她在感情上是个含蓄且被动的女孩，她无论多么思念康泽都不会主动说出口。她闹，是因为想他，想让他早点回来。可她也知道，无论她怎么说，怎么闹，康泽还是会按照他走之前就计划好的时间返回的。所以，最后就只有呈现出电话里无端的火气。她把火都撒给了康泽，康泽总是在电话那端慢慢地解释着，每天汇报着项目的进度，每天说着见了这个人又见了那个人。

康泽在老家的日子过得似乎很滋润，南方小城，喝茶会友。但青青一个人在北京过得很枯寂，有时候一天有可能都不说一句话，直到晚上打电话的时候才发现嘴巴粘住了，说第一句话的时候，才发现嘴只能张开一半。

康泽每年回去，基本都是在他走之前就早已决定好要驻留多久了，不会因为谁而改变，即使这个人是青青。这是青青在几年后总结出来的经验，康泽的归期终将不会因为她的催促而提前。时间长了，青青也便作罢，既然改变不了，那就这样吧，她让自己不再那么思念康泽，每次康泽回家乡，她便告诉自己要转移注意力。慢慢地，青青找到了合适的相处模式，康泽回家她就更加努力地工作，约朋友聊天吃饭或者去医院调理身体，备孕。这样，日子便也过得快了。

第十章　怀孕

康泽与青青是在他们结婚两年半的时候才怀上他们爱情的结晶。

这来之不易的孕事让青青无比喜悦，她沉浸在有孩子的幸福之中。

初为人母，难以言表的幸福感时常洋溢在青青心头。她的动作变得柔和了，眼神变得如慈母那般温柔。

孩子的到来让家里充满了喜悦的气氛，关于康泽项目上的事情青青都给抛在了脑后。每个月有电话提醒还款，她只管说请打我爱人电话，如此几次，电话基本都打到康泽那边了，青青也落了个清静。她正常工作，安心养胎。

在青青怀孕前四个月里妊娠反应特别大，吃不进去东西，经常吐，也经常大腿根部酸痛。这让她更没有精力去思考康泽项目上的事情了，管好自己的身体是首要任务，别人怀孕都长胖，而她却因为吃不进去东西，在前四个月瘦了六斤。

虽然孕前期青青的身体反应很大，但是她一点也没有耽误工作。北京的人比较多，出门比较挤，她的领导告诉她可以错峰上下班。这是一个多么善解人意、多么照顾她的领导呀。青青本来就比较钦佩他，愿意跟着这个领导一直共事下去，领导在她怀孕期间给予的这份照顾更让她能感受到领导的卓越。青青是个知恩

图报的人，领导越是这样给予照顾，她越是严格要求自己。

每个周五下午的部门例会青青从来都是要参加的，她要求部门的同事也不能轻易请假。这天又是一个周五，她与同事从客户处返回公司，平时正常走一个小时可以轻松回到公司，所以他们四点准时出发。下了地铁还要走十分钟才可以到公司，她与同事们一前一后地走着，其实她的身体在出地铁的时候就已经很难受了，腿非常疼，但是她忍着，因为她是一个部门的领导，她告诉自己不能在自己的下属面前有脆弱的一面。身体的疼痛导致她走几十米就要歇一会儿，后来走两三米就要停下，如此反复几次，同事走走停停在等她，她又着腰努力往前走。她从来没有觉得这段路能走得这么漫长，看看时间，快到规定的开会时间了，她着急，加快脚步，但是没走几步出去身体又受不了了。同事看到她痛苦的样子，几次伸出手来想要搀扶，但是都被她挥手拒绝了。青青又走不动了，这路太漫长，看着公司的大楼近在眼前，可就是走不到。同事又来搀扶她，她用仅有的最后的力气推了出去，憋红着脸说："你们先走，准备开会，等下我就到。"同事看青青实在是希望他们先走，于是就赶紧先回去了。就在同事走出去大约五米的样子，她再也忍不住疼痛，流出了眼泪，哭出了声音。扶着树，一边休息，一边释放。太难受了，好像孩子要从身体里蹦出来似的，一步也迈不动了，青青真的是太累了。她除了身体的痛苦外，还有她眼看着公司在眼前却不能按时回到公司开会的难受。青青是一个太坚守承诺的人，多年来雷打不动地周五下午五点开会，那日，她竟然就晚在了那几分钟上。

那个周五，身体的疼痛和自责伴随着青青。她也怕这样拼命、这样执着会影响孩子的发育，所以每次身体疼痛，但她又不得不走的时候她都深深地自责。毕竟，孩子来得太不容易了。

怀孕四个半月过后，逐渐地，青青走路多了腿也不疼了，明显感觉身体稳定些了，迈出的步伐轻盈了。与此同时也逐渐地可以吃些东西了，身体不那么难受了，怀孕的幸福感渐渐包围了她。合作伙伴们得知她怀孕的消息，都非常照顾她，每次见面基本都是首先关心她身体状况再谈工作，这让青青感受到了非常大的慰藉。

往往就是这样，人的幸福感有时候是源于别人不经意的一句问候。青青此时就是这样的感受，所有的合作伙伴都很默契地配合着，关照着，工作有条不紊地进展着，生活轻松地进行着。

不用接听提醒还款的电话，不用再去贷款。这种许久未有的轻松，许久未有的幸福又回到了青青的生活中。

第十一章 孩子降生

转眼，临产在即。

在青青怀孕九个月的时候康泽妈妈从江西老家赶来。因为青青临近生产，而此刻康泽已经回老家半个月，事情迟迟处理不完，一时间无法及时赶回北京，大家担心万一孩子提前一个月出生，家里又没有人照顾。这次康泽回家是因为项目上的资金问题，回乡筹集资金。这次是把房子做了二次抵押借款，青青不同意，因为这个房子是祖宅，地理位置好，在城市的中心，其中一间还是他们两人结婚的婚房，象征着家的意义，可谓意义非同一般。可是临近生产了，她也不想连生孩子都不得安定，这几年的境况让她知道，如果这次不借款，那么面临的将是每个月十万元的还款，或许更多，这些钱都无处可出，无处可寻。

青青无奈，这种无奈是内心深处的哀伤。康泽每次这样的时候都告诉她，会好起来的，会好起来的，只要运势好了，很快就翻身了。这样的话青青听了无数遍，虽然没看到光明，但此刻她也还深深地信任着康泽，只要他说会好，那就一定会好。青青期待着，她也不希望看到康泽为钱发愁的样子，每次筹钱的时候康泽都是略显消沉，略显消瘦，略显烦躁。如果康泽的口腔溃疡长出来了，那一定是他急缺资金却又无处可寻的时刻。重重压力笼罩着康泽，让他的身体都出了状况，青青还怎么能无动于衷呢？

她做不到，她宁可辛苦多赚一些钱，也不要康泽再增加压力和苦楚。

虽然已经积累了那么多负债，虽然青青也有担忧，但只要有康泽的宏伟蓝图和对未来憧憬的话语，她就释然了。一方面是因为她信任康泽，另一方面是因为她从小就觉得自己是个幸运的人，她不认为会有什么不好的事情降临于她。从小到大，她的每一个关键时刻似乎都很顺畅，她感觉自己的气场很顺利，从来没有想象过她会有什么苦难的日子。

青青坚信她是有某种力量在护佑的，不知道为何，她从小就觉得自己是个特别的人，觉得她似乎是有神灵护佑的，这个想法在她很小的时候就时不时地在脑海里跳动。也许她的乐观、超级自信与这有些关系吧！青青也不知。只是无论遇到什么事情，她都是乐观派一个。在家里，她是父母与兄长的小棉袄，贴心、听话，谁发脾气她都是笑着从边缘解决。渐渐地，哥哥们出去做什么事情都愿意带着她。青青简直就是个和事佬，一旦有什么事情，她都是笑盈盈的，还帮助家人从对方的立场去思考问题，柔柔的几句话下来让原本生气的人也不生气了。她是家里的福气。

基于对康泽的信任，青青纵然知道家里经济现状不佳，但也抱有一丝希望。其实那也是没有办法的办法，马上预产期就到了，孩子随时可能降世，如果这个时候不堵住资金漏洞，那月子都没法坐了。在刚怀孕的时候她就给康泽提了一个要求："无论如何，一定要让我坐好月子。"因为青青知道月子里落下的毛病很难根治，她想一辈子就生这一个孩子，如果月子不坐好那以后老了这疼那疼的怎么办？毕竟这疼痛是谁也代替不了的，即使康泽对她再好，那也不能转嫁她身上的疼痛感。为此，她还专门从五月份开始就给自己坐月子和休产假准备一些灵活的钱，工资、

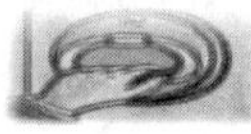

年终奖和住房公积金，这几项加起来青青卡里有了六万多元。即使康泽不能出一分钱，青青想着这些钱也足够生孩子和休产假那四个月用了。孩子的用品平时都买齐全了，这些钱主要是用于生活和租房，租房一万出头，还有五万多块，那也足以让她的产假生活过得舒适了。

很多时候人的安全感来源于金钱的储备，这句话正应了青青此时的状况。青青心里想着有这些钱做后盾，所以无论康泽那边资金怎样，她手里握着足够的钱，心里便很踏实。该产检就产检，该上班则上班，该吃就吃，该喝就喝，该干什么就干什么。

“房子的借款下来后应该可以让康泽抵挡一段时间”，青青心里想着。思妻心切，办完了借款康泽便即刻返京，他也担心青青提前生产，家里人已做好了迎接小生命到来的准备。

在距离预产期一周的时候，青青向单位申请休假，在家待产，几天过去了，什么动静也没有。预产期是十六号，十四号了，肚子和身体还是没有丝毫的反应，青青在想这孩子也许会在十六号准时到来吧，再或者是十八号吧，毕竟谁都喜欢六和八这两个吉利的数字，所以十四号那天晚上她连澡都没洗就睡了，那晚她感觉特别累，眼皮像要被粘住了似的，来不及躺好就睡着了，临睡前她盘算了一下，十六号生孩子那就十五号再洗头发吧，毕竟坐了月子洗头发就要隔一段时间了，能节约一天是一天。虽然教材上说月子里洗头不碍事，但是青青问了很多人之后还是决定忍，忍到月子坐完再洗头。全家人都觉得孩子肯定是要等到十六号准时来了，他们觉得青青身体很健康，一切都非常正常，生活规律，作息规律，一切中规中矩，就连平时的生理周期都是准时准点。所以十五号的早晨，康泽妈妈照例早起去锻炼身体了。七点多，青青醒来，感觉似乎不对，试纸测试，原来是羊水破了，这是要生了的前兆，医生说只要羊水破了就不要动，立马送医院。原来前一天晚上她突然很疲惫是要生产的预兆啊！这突如其来的事情让她和康泽措手不及，她最惦记的是头还没洗，康泽激动得不知道该干什么好，走过来又过去，来回好几遍不知道先做什么，康泽妈妈没有带手机，干着急没办法，最后青青镇定下来，让康泽出去找婆婆回来。一会儿康泽妈妈回来，青青躺在床上洗了头，换好衣服，三人前往医院了，真是一个紧张又忙乱的早晨。在去生孩子的路上青青给客户打了电话，躺在产床上给领导发了微信，告诉他今天要生了，把后面的工作交接了。安排好了工作，青青进入全身心的生产。经过了一天的疼痛，青青与康泽的孩子当天晚上诞生了。

母女平安，住了三天院，青青便出院了。

回到家里，映入眼帘的是一派温馨之象，屋内收拾得干干净净，阳光洒满屋，照在床上映衬着床单的颜色让房间显得更温馨。婴儿床，小衣服，温暖又清新的小家迎来了新生命。

青青开始了坐月子生涯，以前以为坐月子是三十天，可听很多人说生女孩要坐四十二天，于是青青也将近满打满算地坐了四十二天月子。在这期间她的电话处于静音状态，因为怕电话铃声惊醒刚刚睡着的宝宝。生完孩子的女人，身体大多数是疼痛难耐的，初为人母的喜悦并没有让她觉得快乐大于痛苦。不知是长时间压力的笼罩还是什么原因，青青感觉月子太难熬。她觉得初为人母并没有人们描述得那么喜悦，身体行动不便，浑身出汗，几乎两小时一次哺乳，开奶的疼痛，让青青这个职场达人感到实在难熬。原来别人说的“好好坐月子”，真的是得“好好坐”。度日如年，在第十天的时候她竟然都做了一首诗来描述坐月子的感受。一经发出引来各界朋友的点赞和留言，青青发现她的骨子里

似乎还有点文人的潜质。

青青记录到：

《月子诗》

仰望天空一片茫茫，
窗外世界与我两然，
阴晴冷雨浑身是汗，
食也出汗卧也出汗。
夏末长衣身上穿，
别人盖被我虚汗，
身边过人如刮风，
微风犹如三级大，
开奶喂奶血与泪，
两时一顿生物钟，
吃饭更衣又到时，
不分白天与黑夜，
一班一班连轴转。

养过孩子和刚生过孩子不久的人纷纷点赞、留言，表示同感，女性则对“开奶喂奶血与泪”表示万般赞同，长辈们则说生了孩子方能知父母恩。是啊，哪个孩子不是父母这样喂大和养大的呢？

身体一天天恢复着，过了二十多天身体恢复得更快了。这期间青青完全没有管其他杂事了，全身心地投入到孩子的喂养和身体的恢复中去，虽然每天依然有电话呼入，但因为是静音状态，所以她基本一个电话也没有接到，与外界的联系就是偶尔的微信沟通。

青青每天只有在晚上七点钟的时候才让婆婆抱着孩子自己出

去听半小时新闻联播。也许是因为太爱护孩子，她舍不得让别人抱着，她就这样，白天黑夜都守护着她的孩子。青青的母亲在孩子出生第十二天的时候去了青青兄长家，因为也没有太多的事情可做。其实刚开始她并没有打算让母亲过来，因为母亲身体不好，肯定不具备照顾月子的能力，但是早在她刚把怀孕的消息告诉婆婆的时候，婆婆就问她准备在哪里坐月子，言外之意是是否考虑到康泽的老家坐月子，青青说社保等都在北京，在北京生产坐月子。然后婆婆就说："青青，你给你母亲说一下，到时候一起过来，我一个人弄不过来。"那么美好的一个消息告诉婆婆，婆婆传递过来的却是这么一个让人难为情的消息，她只好含糊地答应下来。因为她知道母亲的身体不好，她也不知道她生产的时候母亲是不是在化疗，她怎么张口说？青青心里憋闷，觉得哪里不对劲，可又没法说出哪里不对劲。为什么？因为现在是你在求人的时候，婆婆既然已经说了一个人忙不过来，那你肯定要让你自己的妈妈过来呀，可是自己的心怎么就那么难受呢？她没想到婆婆这么直接地安排自己母亲的日程，她没法拒绝，只有为难。这件事情放在她心里好几个月才给母亲说的，母亲的答复是她也没法决定几个月之后的事情。是啊，她比谁都清楚母亲的回答是非常准确的，可是她却莫名地发火，因为她预感到了月子的不顺利，如果自己的母亲不能过来，婆婆会怎样？她不敢想，只能走一步看一步了。

鉴于这种情况，她在生孩子前为自己生孩子和休产假准备了六万多块钱，考虑到如果母亲身体不适，也许要请个月嫂，那就需要花钱了。但最终没有采用这个方案，生孩子没花多少钱，母亲也来到北京陪同她了。月子里，婆婆在，妈妈在，康泽也在。孩子在青青身边，白天三个人闲得就剩下聊天看电视了。母亲看

实在人力充沛就去了也在北京的大儿子家里。

母亲在的时候青青每天与母亲用方言聊天，虽然身体上有不适应，但是心情还是不错的。母亲走后她的睡眠多了些，但是情绪并没有更好。

婆婆每天洗尿布、买菜、做饭、看电视。婆婆经常说："我们这样的人，主要是精神上的，只要精神愉悦了，让我干什么都行。"不知道这些话是随意的聊天还是有意说给她听的。青青是个直言直语的北方姑娘，几乎每天都听婆婆说这句话，她并不知道婆婆要表达什么意思，只是感觉到她那亲爱的老公几乎时刻被婆婆霸占着，婆婆躺在沙发上，一边看着电视一边与康泽聊着天。听着他们两人有说有笑的，而且用着方言。青青心里一阵悲凉。有时候她想叫康泽过来，可康泽刚过来没几分钟就又出去了，继续听到客厅里母子二人有说有笑。婆婆和康泽总有那么多的话题，青青在想，她怎么就没有那么多能吸引康泽的话题呢？为什么康泽过来只是例行公事地亲几口就没话可说了呢，青青心里不高兴。可她总不能强留康泽在卧室吧，她只能无名地发火。康泽并不知道她为什么发火，是啊，她总不能说你陪你妈太多不陪我吧。她不觉得这些事情是要用嘴说的，而且只要她说出来，那就显得她很小气。她佩服婆婆，总是能把这些事情做得那么滴水不漏，让她身边人的注意力自然而然地就转移到她那边。青青郁闷和憋气，生产之后本就容易产后抑郁，再遇上康泽和婆婆这样的母子，抑郁是必定的。

战争爆发了，青青没法说出心中的苦，身体上的苦也没有人能体会，她发火了，她说康泽不管她，康泽说他没有不管她。青青说："你就知道与你妈说话，不管我。"这下就牵扯到了婆婆，争论开始了，婆婆抱着孩子站在门口指着青青说："谁坐月子也没有像你这样……”康泽也似乎忍不住了说：“青青你在胡闹!”青青听到这些，觉得没有人理解她，她最爱的那个男人似乎不再爱他了，连她在想什么都不知道，而且他完全忘记了他们的约定，他们说好一定要让她坐好月子的。她撕心裂肺般地哭，用力过大伤口似乎崩开一样，她一下子让自己头脑清醒了起来，再吵也无济于事，受伤害的还是她自己的身体，人家才不会怎么样呢。青青含泪让自己平息。

自那以后，青青的月子坐得更沉默了。婆婆每天早晨洗完尿布在客厅甩一下，自言自语地说一句“138”“127”“140”，然后挺直了脊背又面无表情地过去，从不看青青屋里一眼，但是青青在卧室都看得一清二楚，每当婆婆语气低沉地说出一个数字后康泽就会关心地问：“妈妈，你休息下，妈妈你今天怎么样？哎哟……”气氛就是这样，在康泽长期资金匮乏和高压借贷下，夫妻二人除了象征性地问候外似乎没有过多的交流，但康泽对母亲的关心总是超越对青青的关心。也是啊，以前康泽只用关心青青，现在康泽要关心自己的母亲，关心自己的女儿，要看是否能还得上款，还有多少心思和精力关心她呢？

在坐月子期间有几笔消费需要支付，青青因为身体不方便的原因便把银行卡交给康泽打理了。

有一天，康泽回到家笑着对她说道：“老婆，你知道咱们这张银行卡上有多少钱吗？”

青青当然知道，便说：“我知道啊。你别想这个钱了，这是我给我们休产假期间准备的钱，不能动。”

“好的，老婆。”康泽说道。

可是，自从康泽问完后青青就不安了，她知道这钱迟早也是要流失掉的。果不其然，第二天康泽就过来找她聊天。不得不

说，青青与康泽的经济缺口太大，康泽的口才太好，而青青的心又太软，卡里的三万多元又被康泽拿去周转了。

青青无奈又无语，这边生过孩子后的身体还未恢复过来，那边银行卡里的钱又没了。产假工资又少，青青心里像被堵上了一样。虽然她知道，她需要帮助康泽，可她实在不希望给生孩子准备的钱也被拿走。那些钱拿走什么都带不回来，别人拿钱出去买了房，买了车，可康泽把钱拿出去什么也没带回来。六七年的时间了，反反复复如此，一万、两万、三万、五万，一次又一次地上演着同一个画面，只出不进。而这次是在她最虚弱的时候，在她没办法出去取钱办事的时候，钱又支出了。这笔钱青青出得极其不情愿，有哪个女人愿意把自己养孩子的钱拿出去呢？可她知道如果不用这个存款，康泽就面临着贷款，或者借款，不论是贷款还是借款都是要付利息的，最终钱还是要她一起还。思来想去，也只有用自己的存款最合适。

就是这样，无数次都是这样的原因，这样的画面，这样的结果。三万多块解决了一阵的危机，看着康泽心情好，压力小了，青青也从堵心中疏解了出来，毕竟因为她的帮助康泽又走出了一个小小的困局，她既有成就感，又有欣慰感。是的，是她在他最困难的时刻又伸出了手，拉了他一把。

第十二章　满月贷款

青青实际上是坐了四十一天月子，原本她想坐满四十二天的，可在第四十一天的时候，康泽带着她出了门。

他们去做什么？

是的，去借款。

孩子已平安降生，现在家里除了孩子的事情就是康泽这边的资金上的缺口问题。

无奈这个词已经用到麻木了，这些事情在青青心里也已经麻木了。能怎么样，发火？她早就说过，无论怎样，要让她好好坐月子，因为这辈子也许就生这一个孩子，她要把身体养好，不能落下毛病，也不想落下毛病。在怀孕期间她就不止一次向康泽提这个要求，康泽也保证肯定没有问题。所以她一直坚持要坐完四十二天月子。在第四十天的时候康泽对她说："老婆，你感觉身体怎么样了？"

"感觉比前一个月好多了，确实过了三十天身体恢复得更快了。"

紧接着康泽就表现出一副想说话却又憋着不说的表情，嘴上虽然没说，可心里和眼里都是话。

青青看后不明所以，关心地问道："你怎么了？"

康泽柔情地说："老婆，我本不应该这个时候给你说。但是，现在这么办是最好的办法。"

青青摸不着头脑，追问康泽是何缘故。

康泽继续说："前天帮你接电话，是Z银行合作的什么单位打来的，说你征信良好，资质好，可以到他们那去贷款，我本来说不用，但是那边又说了好多话，我想了想，你现在去可能是最好的时候，也可以帮我们解决一时的难题。"

青青不情愿地说："前几天不是刚刚取了几万吗，怎么又不够了吗?"

康泽激动地说："亲爱的，我现在每个月必须得还十万元才可以保障不逾期，马上有几家又要还了，现在资金不多，多一天就多一份风险。你把衣服穿严实，就走几步路，东西我都让他们准备好了，你去了签字就行。"

沉默。出现在两人中间的是一阵沉默。

青青的心一点点地在变凉，悲哀。

可是又有什么办法呢?她与康泽终究是一根绳上的蚂蚱，同进同退，共荣共辱。

在这种情况下，青青十万个不情愿地与康泽出门办手续去了。一路两人无言，没有坐满四十二天的月子，青青心里满是遗憾。康泽多的是对她的愧疚，但是压力当前，康泽别无选择。青青的头上就这样又增加了三万多元的债务。

月子是由一个个难熬的日子组成，而日子真是一个难过的东西。

坐了个月子青青蒸发了六万多块，一件衣服没有添，一个物件没有置办，几万块就这样神奇地消失了。

另一方面，又给康泽帮了一次忙，她感到了心灵上的安慰，毕竟人的一生不见得总会需要别人的帮助，而响应别人的求助这是善良的体现，夫妻之间的相互帮助更能有助于家庭长远发展吧。

至此，青青也基本知道了康泽那边的经济状况。为什么说至此才知道呢，那是因为，在此之前，每当她问“现在是什么情况”的时候，康泽总是说没问题，而且确实在即使有套现和贷款的情况下康泽都可以循环地还着走，这至少说明康泽的资金链是可以正常运转的。可到底是哪个月份出现的资金链紧缺的，她也不清楚，她也不想去弄清楚了。通过坐月子期间那几万块钱消失的速度和康泽的表情，青青心里明白了，资金链彻底地断了，危机就要来了。

坐了四十一天月子，青青出了门，回来之后继续休息。婆婆最近比之前每天说血压高之外加了一句让她和康泽压在胸口无法解决的话。每天婆婆说完血压之后都要说：“高血压最容易引起半边身体的偏瘫，我要是在你们这里瘫了，那就是给你们找害了，你们现在还没钱。”这话听起来似乎是关照康泽夫妻二人的，但是听完之后却是让人头上笼罩了巨大的压力。关于高血压引起瘫痪的话题每天至少听五六遍，像是给康泽念的紧箍咒一样。康泽已经在照顾婆婆的心情了，青青不明白她为什么还一次又一次地加深子女的思想负担。

康泽知道他母亲血压高的时候就已经不知道要怎么办了，他愧疚得不得了，每天嘘寒问暖的，关心已经到了无微不至的境地。而现在，每天家里都是要偏瘫的话题，说得家里的气氛非常紧张，已经把青青和康泽都带到了似乎随时要面对这件事情的感觉。没有钱，没有人，如果真的婆婆瘫痪了怎么办？孩子还这么小，还欠那么多钱！如果婆婆不来照顾月子就不会血压那么高，如果血压不高就不会瘫痪，一件一件的事情真是多。

青青心里像被堵着一样，每一天都是。每天在婆婆说了即将瘫痪的事情后，康泽都低着头带有祈求似的给婆婆宽心，然后就

感觉像是欠了婆婆很多似的这种心情。

有一天，青青躺在床上，婆婆又在说瘫痪的事情，她听着客厅里关于瘫痪的对话，把他们的话题真正地思考了一下。她想如果真那样怎么办？以前奶奶生病在床，母亲也给奶奶擦身子，端屎端尿。那我可以做到吗？她在问自己，也陷入了深深的思考。她分析了下，看看婆婆的状况，应该不会立马就瘫痪，但万一真的瘫痪在她家里的话，那她可以做到给婆婆端屎端尿，给婆婆擦身体吗？对的，可以！母亲对她自己的婆婆可以，我为什么不能呢，当然可以。想到这里，青青觉得轻松多了。

她叫来了康泽，说要告诉他一个消息。青青认真地说："老公，妈天天担心在我们家得瘫痪，我告诉你，如果妈真的瘫痪在我们家，我给她端屎端尿，给她擦身子。你告诉妈，让她放心。"康泽听到青青这么说，眼睛里闪过一道亮光，因为康泽也被母亲这个难题给难住了。一来现在媳妇需要母亲的照顾，二来母亲又天天叫病，这实在给康泽出了个世纪大难题，但这个难题被贤惠的妻子解决了。青青说的是认真的，康泽当然也知道她绝对可以说到做到，因为他太了解她了。

第二天早晨早饭期间，婆婆又愤愤地说起来血压高。

"如果在你们家偏瘫给你们摆起一摊子，就是你们的祸害。"

这次康泽再也没有了之前的愁眉苦脸，他稍微提高了嗓门对母亲说："妈妈，你放心，如果你要是在我们这里瘫痪了，青青给你端屎端尿，给你擦身子，你放心！"青青也跟着应到。猛地，婆婆停止了讨论，嗓子似是想发出什么声音但又没有发出，可能她也没有想到儿媳妇可以做到这样吧。就这样，笼罩在家里的关于"瘫痪"的这个气氛消失了，从那以后婆婆再也没有提起过高血压要瘫痪这个话题了。

第十三章　回到婆家

孩子五十二天，婆婆思乡心切要求回家，加之康泽也有事务要回去处理。为了孩子能得到更好的照顾，青青无奈之下，也只好与康泽一起回去。

南方的潮湿让她一下子难以接受，气温虽然不低，但潮湿的房间让从小在北方长大的她还是感到浑身不适。

葱郁的树上还都是绿色的叶子，下过几场雨后屋内越发湿冷。在难得的太阳天里青青都是在户外度过的，推着孩子、晒着太阳。气温在逐步下降，屋内没有暖气，冻得人直打哆嗦。

一个女人最脆弱的时候就是刚生完孩子，没有钱，没有好的身体，面对这样的环境青青只能一天一天逐步去适应。这个城市，虽说是康泽的家乡，但对于她来讲却是身在他乡。白天照顾孩子，河边散步，手机丢到一边，电话统统不接，管他天大的事情。青青觉得似乎到了无人能找到她的地方，陌生的环境，陌生的人，陌生的街道，陌生的楼。一切都是陌生的，说陌生其实是不熟悉而已，毕竟她也只来过两次。

偶尔能接到几个电话也全都是提醒还款和催款的电话，她接到电话就转达给康泽。随着电话的增多，她发现了这些电话的不同。在怀孕期间只有提醒还款的电话，然而现在，有的电话提醒还款，有的电话则是在告知逾期，催促还款，并且告诉她不能偿

还的后果。后果说的都很严重，“连三累六”进入黑名单，上征信，以后无法贷款，孩子上学受影响之类的。青青不明白什么是“连三累六”，银行的人给她解释说，连续三个月、累计六个月逾期的意思，银行说的还款是当期还款金额。青青听后沉默了，因为她猜想能出现这种状况，一定是真没有资金补充了。毕竟康泽那么着急让她去签字贷款的事情都发生了，难道她还不清楚现在的境况吗。

她责问康泽具体情况，康泽焦急难耐。但最后只有坦白：“有一些地方已经无法偿还，已经有逾期了，因为不想让你怀孕和坐月子的时候受到骚扰，所以尽量多地往后拖。但是每个月十万块的缺口确实太大，现在确实还不上了。”

犹如得知宣判结果一样，青青失落极了，心像被挖空了一般，整个人不知所措，她无论如何都想不到自己的日子会过到如此境地。青青难过至极，逾期的消息让她大发脾气，她扯起嗓门质问康泽：“我不是让你无论如何不要影响我的征信吗？你为什么不听，你为什么要把我的征信弄成这样？为什么？为什么？为什么？啊!!!”

连续三个为什么，让康泽无法回答。此时，看着几近疯狂的青青，他睁大了眼睛，怔怔地。是的，他从未见过青青有如此这般的情绪。以往，青青对他除了信任就是信任，除了支持还是支持，七年如一日。从未像今天这样，从未。

也许这个世界上并没有完全了解另一个人的人，正如康泽也许并不了解青青一样。

青青信任一个人，可以百分之百地付出。同时，她也看重一个人的信用值。青青信任地把她的信用值借给了康泽，她认为他应该会维护好她的信用值。但是，事情至此，她发现，她错了。

她错在了哪里？她不该把信任给康泽吗？不，那是她的爱人，她应该给。那她究竟错在了哪里，为何让她那么痛！

现在的情况如此之糟。

青青难以接受一个糟糕的征信跟着自己，她难以接受不履行约定，因为她平时是一个说话比合同盖章还管用的人。而今，资金的断裂随之而来的就是她名下的一笔笔债务都要爽约，大额的信用卡透支和众多小额贷款逾期。青青不敢再想下去了，她快要窒息了。她感觉自己无法承受那样的催促和那么大的压力。她撕心裂肺地哭，抓着被子，用尽全身的力气，直到手酸，手软，恨不能抓破被子以解心头之痛。哭累了，看看手，看看自己，恍惚间在怀疑自己是否是真实地存在于世界上。内心的苦闷让她无处可逃，崩溃的情绪无处发泄。

想想那些借款，青青一时无法预估究竟有多少，她只知道，她一时无法偿还，即使卖了康泽老家的房子也无法偿还。等待她的将会是什么样的日子？她不知道，但她知道一点，那日子一定是煎熬的。

自从那次康泽与她坦白之后，她这边所有陌生的电话都由康泽接听了。康泽再也不用遮遮掩掩地接听电话了，没过几天，银行的电话基本都成了催收电话。除了周日，其他时间都是电话不断。康泽接了他的，接青青的，一天下来接好多个。康泽的说法都一样，无非是资金链断裂再等些时间之类的话。每个电话基本都是把原话重复一遍，一天下来重复工作，重复话术。其实那并不是康泽与青青的应对策略，而是他们的实际情况，电话来了出于礼貌如实地回答给催收人员而已。

事已至此，青青强烈要求康泽停下手中的项目，无论如何不能再投入了，几年过去了，亏损成那样，如果再继续做只有继续

亏，当断则断，她严令康泽停止了手中的作业。无论现在是什么样子，一秒钟也不要等待，即刻就停。

就这样，他们两人在康泽的家乡，带着他们两个多月大的孩子，继续休产假，带孩子，过日子。其实，他们也感觉到困难远比他们想象到的要大很多。所以经常会走在街头上讨论远走高飞这个话题。

康泽抚摸着青青的脸庞说："老婆，我们孩子也生了，牵挂也没有了。我们一起去广西或者云南，我们去个别人找不到的地方，把手机号码换了，等我们赚到钱回来一家家地把钱还了，我实在不想看到他们打电话给你了，我不想让我老婆压力这么大。"

青青何尝不想清静呢，甚至她也想过一走了之。找个没有人认识的地方，没有人打电话提醒还款，没有人催债，没有人知道曾经发生了什么事情，没有人知道她的过往，重新开始无忧无虑的生活。因为每天看到电话心头都是紧张的，每天都有电话打过来催收，随着时间的推移，催收的电话越来越多，催收的态度也越来越恶劣。现在已经全线崩盘，康泽的信用卡、贷款，青青的信用卡、贷款，加起来几十家，如果每天每家都打一遍，那真是没法干别的事情了。可她怎么走？她有稳定工作，她有孩子，她在想如果去外地找个地方躲起来，她在不能用身份证的情况下一年能挣多少钱？而且她是不是就只能带孩子了，连基本工资都不可能有了，也许最后就只能带着孩子摆地摊了吧。清静倒是清静了，可人生颠覆了。现在已经颠覆了一次，如果逃走，那岂不是再一次颠覆，一次比一次失败，一次比一次恶劣。况且孩子总会长大，孩子上学怎么办，还要隐姓埋名吗？

这显然是个无法通行的馊办法，虽然她无比期盼有个清静的环境，但思来想去，逃走不是个办法。

可这种想法总在接到几个气急败坏的电话之后就被摧毁，青青接受不了电话里面那些人的语气。青青心想她又不是故意欠钱的，为什么那么恶语相加呢？如果哪次她语气稍有不佳迎来的便是一些难以入耳的谩骂。每次受到这些气之后她都委屈得要掉下眼泪，她太难受了。从小到大都没有被人如此对待过，没想到结了婚，生了孩子，对于大多数女人来讲幸福生活正在挥手的时刻，她面临的却是催促和谩骂。遇到这些的时候，青青又想到了逃走，她一刻也不想在那种环境中生活了。青青有时候也与康泽讨论逃走的事情，康泽看到青青愿意与他一起逃走，心中感到幸福无比。他觉得身边这个女人真是无时无刻不在为他着想，不但为他着想，还如此体贴，在人生的困难之境愿意追随他去，他很高兴。只是，他也知道青青有所担忧，他并不否认青青的担忧是正确的。此时的康泽愿意做一切可以让她轻松愉悦的事情，她愿意说逃走，他就陪着她往下说，只是两人谁也没行动。

如果幻想可以让气氛有所缓和，那就幻想吧。

每天下午康泽会带着青青，推着婴儿车漫步在大街小巷里，告诉她这条街是什么街，那条巷子有什么，回忆他小时候的生活。

自从有一天看到彩票站之后，他们两人便开始连续买彩票了，为了增加中奖机会，他们在资金极其有限的情况下，每期最多买十块钱的。那些日子每天最高兴、最能让青青唤起激情的时刻就是从彩票站出来的那一刻。她像拿到救命稻草一样小心翼翼地捧着彩票，心里暗暗地祈祷着能中个五百万。一次没有中，第二天继续买，后来康泽也加入了队列。从彩票站出来，康泽与青青兴高采烈，没有什么时候比现在更高兴了。他们像已经拿到钱似的，胜利的笑容挂在俩人脸上，不知道的人还以为他们刚领

了奖。

康泽在盘算着，青青也在盘算着。“这要是中了五百万，一口气把那些债都还完，看那些人再给我牛气哄哄地打电话，我用钱砸死他们。”康泽想。

“老婆，你辛苦了，中了奖你想去哪里旅游我带你去，给你买貂皮大衣，买你喜欢的东西……”

康泽说得高兴，青青听得入神，进入了拥有五百万的幻想之中。摩拳擦掌，恨不能马上就去领奖。

“我要去马尔代夫，朋友圈里很多朋友都去过了。我要去三亚，很多朋友也都去过了，我要买辆车。想做的事情很多，算来算去，五百万除去税，再还债，怕是不剩什么了吧。要是能中个一千万就好了，有个一千万，一切问题就都解决了。”青青想着。

“老公，咱们还是祈祷中一千万吧。”

“老婆，你心也太大了，能中三十万也行。”

“哈哈、哈哈哈……”

小两口商量着，心中满满是期待。买完彩票他们怀着激动的心情去吃小吃、逛夜市，晚上不会有电话骚扰，晚上也是一天中最幸福的时刻。

然而一次又一次，一张又一张的彩票都没有中奖，甚至连五块钱都没有中。

任何人的耐性都是有限的，何况这靠彩票发财本来就是个梦想。彩票中不了奖，青青作罢，决定再也不浪费那两块钱，也再不让自己傻乎乎地去做那个虚无缥缈的梦了。

这种虚无缥缈的幻想破碎之后康泽与青青回归了现实，买彩票的那十几天，他们两人在精神上过得还是很丰富的。

回到现实，青青觉得她命中可能不会有这种横财，否则上天就不会摆这么大个难题让她去解决了。

在幻想中彩票的那几天中青青内心又充满了力量，觉得不就是几百万的债务吗，一张彩票就可以解决。

可眼下，彩票中不了，她像是受到了打击一样。心里又开始了焦急和压抑，她害怕接到催收电话，害怕那些话语，害怕面对失信，她难以面对这些电话，这些问题。她的生活又陷入了恐慌。

怎么办？怎么办？

青青与康泽商量了一下，他们觉得天下还是好人多，现在遇到了困难，把实际情况告诉对方，对方一定能够谅解，一定能够给他们时间去解决。

第二天一早就有电话打来，康泽一一说明情况。一个电话又一个电话，康泽都非常耐心地解释和说明。其间有好说话的，也有非常难以理喻的，有的无论康泽怎么解释，对方总觉得他是在搪塞、找借口。有的便会用人身攻击的方式，这让人很劳心。因为把自己血淋淋地展现给别人已经是很难受的事情了，而对方还质疑，这无疑是在流血的心口上插刀的做法。一天下来，康泽的情绪非常低落，有的电话能持续半个小时。问得非常详细，为什么还不了，钱用来做了什么，什么时候能还，等等。每一个电话康泽都会把血泪史说一遍，青青听得心痛，她知道康泽说得也痛心。再加上遇到几个不通情达理语气恶劣还一个劲要求还钱的主，简直让人无法忍受。

人心都是肉长的，康泽与青青毕恭毕敬地接听电话，解释和请求宽限，得来的是两天的安宁。但短暂宁静之后是一波更猛烈的电话追击。

又是那家银行或者贷款公司，只是换了个人，同样的问题，

同样的话语，同样的目的。康泽再次回答，再次解释，再次恳求。

如此这般循环，电话还能接吗？

每天如果正常接听电话基本就做不了别的事情，经常是这边电话还没说完那边电话又响起来，电话犹如热线一样，不停地被呼入，一次次筋疲力尽地解释，一次次无奈地结束通话，一天下来整个家庭都笼罩在失败、沮丧、无助、看不到光明的氛围中。

一日之计在于晨，每天早晨起床的时候青青还是非常励志地让自己充满力量，充满朝气地去迎接新生活。但随着那些催收电话的增加，每天下午及晚上的时刻家里就变成了两个主人面部肌肉下垂、没有欢声笑语和难题无法解决的境况了。

即便这样，康泽的家人都还不知道小两口生活上的具体情况，只是知道康泽在创业，并没有赚到钱，但资金到如此境况，他的家人一概不知。因为康泽在家乡是与母亲分开住的，很多时候只有吃饭的时间康泽的母亲才过来做好饭，白天有时待半天。所以康泽和青青单独相处的时间很多，这样接电话的时间也便多起来，即使康泽母亲在房间内，他转到另外一个房间打电话也是很隔音的。三线城市的房子都大且便宜，这倒是个好处呢。

为了补贴家用，康泽开始积极地出去找现钱，何为找现钱呢？就是看家乡的朋友现在在做什么，他过去帮忙，干一天挣一天的钱。无奈之下什么都干过，甚至也干过上门收款的事情。

听到这个消息，青青一时不好接受。看着康泽一副商务人士的形象，怎么也无法与上门催收结合起来。她脑海中的上门催收应该是五大三粗，一脸凶相，一身黑色衣服，戴个大金链子，痞里痞气地才能要得回来钱，康泽这一脸书生气去了谁怕呀。

可康泽急切又激动地说他有个同学在揽业务，他的形象正好是团队几个人所缺的，那几人看起来社会气息太重了，有他在正好在关键时刻可以缓解气氛，免得造成冲突，毕竟他们过去是要钱的，不是闹事的，他们也不想发生肢体冲突。康泽说在浙江有几百乃至上千万元的催收业务，如果能要回来钱，他能分到几十万，有了这几十万就能解决眼前的问题了，然后他再去做几笔大业务，这些债务几年也能还完了。

想着这些钱这么好挣，看着康泽又那么有信心，青青无语，表示默认。因为她知道，她没有别的选择，睡一觉醒来她又要面对的是无数的电话，无理的谩骂，恶意的诋毁，善意的提醒……无论是善意还是恶意，她都无法承受。她和康泽的这个小家庭太需要钱了。

每一个康泽出去的日子，青青都是在既期盼又忐忑的情绪中度过的。期盼的是康泽当天能够有收入，能够拿钱回来。忐忑是因为她怕康泽在工作的过程中与人发生肢体冲突而受伤，因为她深知，一个拿不出一分钱的家庭如果再被人威逼，那将是什么事情都可能做得出来的。人在特定的环境下是会做出平日里无法想象的动作的。比如，若是现在那些催债的电话变成了上门，再说那些骂人、诋毁、恶意的语言，那是会把青青逼疯的，在那种环境下青青若被逼急了也许会撒泼耍疯，也许还会有同归于尽的想法。因为她从来没有被人那般羞辱过，从来没有被人那么紧逼过，从来没有那样狼狈过。青青从来没有想到一个受到过高等教育的人会沦落到这种境地，这种心境的冲击时刻刺痛着她那颗曾经阳光、快乐但此刻极其容易破碎的玻璃心。

此时若有人上门逼债，无疑是把青青的遮羞布给扯掉了。她自然无法接受，如果谈不好，加上对方的情绪稍微再激烈一点的话，是非常容易点燃她那已经绷得太紧的神经的，可谓一触即

发，谁敢动手，青青可以与他拼命。所以，她担心康泽出去遇到不要命的，因为催款收债肯定会说一些难听的话，肯定会给欠债的人施加压力，如果债务人的压力都像她的这样大的话，康泽会不会有生命危险呢，青青时不时地在担心。

每一个康泽出去的日子她都这样度过，有时候半夜十一点康泽才回到家。看到康泽完好无损，她才松口气。小两口一起说说当天的情况，孩子怎么样，收款的情况怎么样，然后静静地睡去。

半个月过去了，康泽偶有收入，但并不像康泽刚开始说的那样多。有时候几百，最多的时候两三千，还有颗粒无收的情况，按照这个速度下去一个月可能也就能收入万把块钱，面对每天飞涨的利息和滞纳金，这万元左右的收入岂能扛得住？

看样子康泽他们去催收也不是那么顺利的事情。可怎么办呢，又能如何呢？

时间在分分秒秒地走着，日子总得过着。

转眼到了女儿的百日宴，虽然康泽的小家算是破产了，但是外人并不知情。孩子太小，也丝毫未受影响。所以日子还得维持，百日宴还得热热闹闹地过着，康泽母亲预定了个包间，要好的亲戚、朋友欢聚一堂。青青在开场前还代表全家现场发言，短短的一些话语，让在场的亲朋们都在为她的口才点赞，又一次对她刮目相看，都说康泽娶了个能干的媳妇。因为青青既表达了对亲戚、朋友的感谢，又简单且颇有艺术地讲了孩子在一百天之前即将出生的事情。青青抱着孩子面向大家，让大家似乎一下子回到了孩子出生的那天，既感受到了宴席的主题又把关注度拉回到了孩子身上。干净利落的一些话让大家听了感到很舒心，并且在没有司仪的情况下感受到了百日宴的仪式感。大家纷纷给着祝福和红包，百日宴过得忙碌、热闹又开心。

这百日宴的红包收入着实让困境中的青青与康泽激动了一下，虽然不多，但是对于她们目前的情况来讲可算不错了，康泽出去几天也不见得能赚这么多，这些钱总算是可以暂时糊口度日了。

但是，没想到当天晚上孩子就发烧了，这是孩子出生以来第一次发烧。青青整整一夜没有合眼，她与每一个新手妈妈一样，一边在各大母婴论坛找方法，一边测量温度，用物理降温的方法把女儿身体擦了又擦。生怕孩子挺不过去，看着那么小个孩子烧成那样，青青的心都碎了，她心里念了一万遍“让我代替女儿生病吧！”这句话。在心里一万个后悔，后悔不该带孩子在人多的地方聚集。一整夜那么艰难地度过，青青觉得日子太难了，为什么上帝在给了她一个白天的快乐时光后就要在晚上加倍摧残她呢？这一晚上的心情可谓五味杂陈，此刻她觉得白天的那些催收，那些谩骂都不算什么了，有什么比生命更重要呢，只要活着就什么都可以面对，什么都可以克服。

天终于亮了，女儿的体温控制住了，略有下降。彻夜未眠让青青面色憔悴，资金链断裂原本就让人打不起精神来，此刻更是无精打采。不过，万幸的是孩子的烧在逐步退去，这算是给她一些阳光了吧。

上午女儿很快就好转，青青见此状，便按照原计划带着女儿与全家去参加亲戚的婚礼。婚礼现场气派又豪华，市政府的官员出席讲话，上百桌的宴席让主人家根本没有多少精力来照顾康泽一家，再加上这几年并未见康泽发达，所以似乎大家也没有多么热情地关照康泽一家。这引起了康泽母亲的不满，康泽的母亲经常对青青说：“他们这几个兄妹年轻的时候进城都是在我们家落

脚，每次进城都在我们家住，在我们家吃。找工作，找对象都在我们家，现在人家都当官了，有钱了，来往也少了，人情味也淡了。人啊，都是势利眼。”鉴于此，康泽的母亲经常催促他早日发达起来，好让她在亲戚面前再次扬眉吐气。

若在以前听到此类一番话，康泽和青青一定是非常肯定地对婆婆说放心之类的话。可现在他们小家的这个情况，他们两人无论是谁都无法轻松地说出那么与现实不符的话。康泽有的时候只能劝解母亲不要跟别人比，势利那是别人的不对。有的时候劝不过来，也就只能听之任之了。其实，青青挺不赞同康泽母亲对金钱的那份执着的，她并不认为人们都是金钱的奴隶，也并不认为别人尊重一个人与否完全与金钱直接挂钩，她更多地认为一个人的品质和性格在很大程度上决定了别人对你的态度，当然也不排除有势利眼的人，但这个社会上一定不是所有人都属于势利眼。但每次听康泽母亲在形容家庭现在的地位时总是与衰败和穷困紧密联系，这种言论有的时候也无形中给康泽增加了一种压力。

康泽的家庭在当地算是中产阶级，他的父亲及几位伯父退休之前都在当地的政府部门工作，康泽从小是在那个城市的城中心长大，也是在政府大院里长大的孩子。政府大院里住的人总是比别的地方的人多一种优越感，这种优越感在康泽的母亲身上时不时地就能体现出来。比如他母亲说起菜市场的时候会说这边菜市场的菜干净，而且比隔壁那个菜市场的菜价稍微贵一些，到这边去买菜的人多半是居住在这周围的市政府家属院、市公安局、市财政局这些楼里的家属，去那边的菜市场买菜的大多数是居民。每次听到康泽母亲说到买菜人的身份的时候青青都不太理解，终于有一天她按捺不住问道：“妈，政府家属和居民有什么区别?”康泽母亲自豪地说道：“当然有区别啊，政府的这些都是机关干部，居民都是老百姓，当然不一样啊。”

“哦。”青青似乎是明白了，但也不完全明白，因为在她这一代人眼中的身份似乎没有那么明显的界限。青青这一代人更提倡平等及一切皆有可能。

休产假在康泽家里住久了，听多了，见得人多了，青青慢慢地知道了原来康泽的家庭在当地还是有一定地位的，家里居住位置好，人脉资源也是蛮好的。她再回想康泽之前与她说家里的事情，发现确实如此。康泽是因为觉得家里的环境太安逸才离开家乡去闯一闯的。家里原本有很安稳的事业单位的工作，而且是市委书记亲自关照入职进去的。康泽的就业选择很多，是他们那一批同学中工作落实得最好的，也是当年当地最抢手的工作。虽然竞争很激烈，但是康泽还是稳稳地进去了。进去后康泽一腔热血去干工作，但是慢慢发现事业单位并不是你努力工作就能得到重视的地方。加之社会形态的快速变化，年轻的康泽看到贫富差距在快速拉开，他内心那颗不安分的种子跃动了起来。最终在那个他曾经热血沸腾准备实现人生价值却发现无法施展才华的地方干了几年后毅然辞职了。

康泽从上幼儿园起就是在家乡那个城市最好的幼儿园就读，小学是实验小学，中学也是最好的中学，甚至他的母亲为了让他多吃点苦，曾经把他“下放”到县城里的中学去读了一年，希望让他知道什么是吃苦。康泽的母亲经常说：“我们家在康泽小的时候就是几菜一汤，与现在你们在北京的生活没多大差距，当时买肉要凭票，但是康泽的爸爸是老城区人，加之人缘特好，所以在这方面从来没有短缺过，就连卖牛奶的师傅也会专门给康泽他爸留好牛奶，等他下楼去取，而其他人家则是在冬天里摸黑起个大早，为了给孩子买一份牛奶，起早贪黑。”那个年代物资匮

乏，但是在整个大环境都如此的情况下，康泽的家境还算是比较好的。

看样子一个家族在一个地方的根基真的是很重要的，康泽家特别有家族概念，每次春节回去青青都能感受到家族的力量，一家一家挨个宴请。从春节前就开始选址请客，一直持续到开始上班，父亲的家族请客，母亲的家族请客，春节都在宴请、聚会、短途游中度过。

回想起这些，青青一下子感受到了家族的强大，她又有了一丝信心。她默默地想着，康泽有强大的亲友团可以求助。

第十四章　回娘家

这天，电话还是一如既往地多，心情还是一如既往地紧迫。

离产假结束的日子越来越近了，青青决定回娘家一趟，毕竟这是自上班以来她放假时间最长的一次。她是个非常念家的人，所以她希望在母亲家里小住一段时间，并且让父亲也见见自己的亲外孙女。

康泽说他在家乡还想筹点资金，还需要点时间，事情迫在眉睫，青青也不知道他到底能不能筹到钱，但此时康泽有如此说法，青青也无法要求他一同前往家乡。她只能无奈地独自带着刚满百天的女儿踏上北上的列车，经过了一天的时间，到达了她的家乡，西北一座美丽的城市。路上女儿非常乖巧，从不哭闹，而且在晚上，青青提前说清楚因为车里有人在休息不要随便哭闹，女儿竟然就真的不哭闹，安静得让车厢里的人第二天好奇地想要看看这个宝宝。女儿的乖巧懂事，让青青在旅途中倍感欣慰。

父母按时到车站来接她，看着父亲小心翼翼地抱着孩子，青青心里踏实，那是很久未有的踏实感。看到母亲，她欣喜又激动，母亲总是能够给她力量。

回到家乡，青青倍感亲切。她思念母亲，思念家乡，思念同学，思念家乡的一切。

刚到家，小哥青涛便回家来看她和女儿。女儿的名字叫果

果，是青青的母亲给起的，希望她的一生幸福有成果。看到果果，小哥感叹，他终于当舅舅了，青涛激动又高兴，抱着果果亲了又亲，同时关心青青身体恢复的情况。看着这个西北汉子，没想到小哥还有如此细腻的一面，青青顿时感受到了来自于亲人那浓烈的关爱，内心深受触动，鼻子一酸，眼泪溢满眼眶。亲人之间的亲情就在这几句简短的关怀和简单的动作之中荡漾，一时间母亲和父亲也不知道该说什么，只是站在门口会心地笑。屋里的气氛紧绷着满满的喜悦和亲情，浓烈得让人无法再多说一句话。因为激动的心情一直在被大家按捺着，就连那说话换气的起伏都会让眼泪流出，大家都知道这是极度高兴的时刻，流泪是会破坏气氛的，所以大家都先憋着，不说话，哪怕是笑也是不敢相视而笑。所有人的目光都集中在女儿果果的身上。因为此时的目光只有在果果身上才不会遇到另外一个满含亲情的目光，这种时刻其实也是每个人内心在享受亲情的时刻。

几个西北人，一番问候过后便是简短的家长里短的沟通，虽然青青与母亲还如朋友那样无话不谈，但成年之后兄妹之间的沟通却并不随便了。因为青青家三个孩子的职业都不相同，相互之间都比较独立，所以现在的沟通并无太深入的内容。呆了半天之后青涛便出门办事。临走前还留给果果一千元见面礼，又留给母亲五百元钱，说是青青这两周的伙食费。哥哥总觉得她现在不上班，肯定手里没钱，作为兄长他就想方设法地用她能接受的方式给予她赞助，既不伤她的自尊，也把事情处理好了。

母亲会心地笑着，知道这是儿子关心女儿的一种表达方式，母亲欣然接受了。青青感到一些意外，她没想到哥哥现在考虑事情如此周到，让人感到暖心暖意。在接受哥哥关爱的同时她心里莫名涌上一股心酸，这种感觉隐隐地刺痛着她，如果她此刻经济状况良好，在接受哥哥钱财的时刻肯定是兴奋又幸福的，而此时的她，已然无法坦然面对任何一分钱了。

至此，青青的母亲与父亲也还并不清楚她与康泽的经济情况，只是在有一天青青的母亲异常疲惫之际抱怨康泽，说他明知道丈母娘身体不好还让青青一个人带着孩子过来，这一天一夜的火车他也放心，一个人带着这么小的孩子他怎么就能放下心来？听到这些，青青心里很难受，这个时候她的身体还没有完全恢复，婆婆不愿意继续在北京，康泽又因为钱的事也在老家，她不习惯南方的气候又思念家乡，只能拖着刚过百天的女儿回到了娘家。一来回到娘家可以吃到母亲做的她吃得习惯的饭菜，二来在自己家里生活，心情总会好很多。

青青知道母亲身体不好，可她真的想家，想念母亲。生完孩子发生的一系列事情让她更加思念母亲，可她一句实情也不敢说。她只能把这种心灵上的慰藉放到了回家这件事情上，回到家总是最踏实的，那是滋养她心田的地方，是可以让她找到安全感的地方。母亲的家，故乡，这是可以让人在困境中充满无限力量的源泉，到了这里青青不再忐忑。虽然只有两周时间，但她每一天都很享受。

听到母亲的话，看到母亲疲惫的脸庞和略微弯下去的腰，青青产生了自责，母亲的身体确实不容那么劳累，仅是每天的三顿饭就已经让母亲足够疲惫的了。到她走的前一天，她才知道原来在她没有回娘家的时候，因为白天短，母亲与父亲每天只做两顿饭。此番回家，她带着孩子隆重驾到，让母亲丝毫不敢怠慢，无论是心理上还是身体上都紧张地重视起来，无形中增加了母亲很多工作量，最主要的是母亲的身体状况并不太好。此刻她才意识到康泽确实应该陪她过来，至少给孩子洗澡、洗衣服这些事情康

泽可以做。其实她曾提过两次，可康泽说马上就到北京了，就不来回折腾了，于是她也就没再要求什么了，可这却累坏了自己的母亲。

母亲生活上照料她和果果，父亲则开着车带着她们游玩、聚会，半个月下来还真是去了不少地方，以至于果果都养成了出门坐车就睡觉的习惯。

在家期间青青带着女儿参加了两个婚礼，青青从小本来就是个乐观的女孩，婚礼的热闹更是能激起她心中热情的火焰，她喜欢这样的场合。虽然母亲考虑到她的孩子小，经济压力大，几番不悦她去参加婚礼，但她还是说服了母亲一同前往。那时的青青囊中羞涩，但作为姐姐的她还是随了该随的礼，这礼钱源于小哥给果果的见面礼钱。热热闹闹的婚礼给青青的回家行程增添了几分喜气，使她的心情增加了几分愉悦。

在这段时间里，青青深刻地体会到了快乐在生命中是多么可贵，多么难得。

在家的日子总是那么温馨，美好的日子却又总是那么短暂。产假临近尾声，青青要启程返回北京了。在去火车站的路上，母亲总是问她有没有钱，需不需要钱，总是担心她不上班没有经济来源。青青总是低着头说有钱，说生孩子前就把休假期间的钱都准备好了。每当说完这些，她都要努力地克制自己的眼睛不让眼泪流下来。父母的关心和自己现实境况的反照让她心底的酸楚频频涌上心头，这个世界上还有谁能像自己的父母这样真正地关心自己呢？此时此刻，青青感受到了浓浓的亲情、浓浓的爱。她想起自己原本准备的几万块休产假用的钱又白白打了水漂，尤其是康泽拉着她又去贷款这事让她极度哀伤。康泽不应该动用她这笔钱的，别的男人都是准备好钱让自己老婆舒舒服服、安安心心地坐月子休产假的。可是，她的产假却休得如此穷困潦倒。如果有钱的话，父母也不可能会看出她需要接济，青青反复想着这些，心中的情绪万分复杂。

母亲与父亲驱车送她们到火车站，父亲抱着果果，快速又小心地迈过阶梯。看到这个场景，青青在想自己小时候是否也是被父亲如此呵护地抱着。父亲是一个地道的西北汉子，此刻小心翼翼地抱着外孙女，犹如一个可爱的大熊，腆着肚子认真地迈着脚下的每一步。父亲抱着果果，母亲扶着父亲的胳膊，生怕父亲脚下不平摔了孩子，这是父母的慈爱，父母的情。青青恍然间希望时间就定格在这个幸福的画面上，人间大美之情便是这浓浓的亲情，人间大美之爱便是这深深的父母爱，这天下大概只有自己的父母才会如此不求回报地对待自己的子女吧。

果果，这个才出生三个多月的孩子，跟着青青南下北上。一路乖巧可爱，人见人爱，从来不给大人多找一分麻烦。在火车进站口，母亲万般不舍地逗着果果。离别总是伤情的，青青与父母纵有万般不舍也无法阻挡时间的流逝，进站的时间一分分临近了，孩子眨着眼睛看着大人们，大人们抱了一遍又一遍，都想把果果独自抱在自己的怀里。这种时刻最难以掩饰的是情绪，青青，母亲，父亲，都在故作镇定地对孩子说话，都在故作镇定地逗孩子。谁也不敢触动离别的琴弦，此刻他们即盼望时间快快过去又希望时间慢慢地走，内心的不舍犹如洪水般涌上心头，青青只好用拍照留影来转变难舍的情绪。

不走？可以不走吗？

青青无比希望在父母的爱护和照顾下像少女时代那样快乐地生活着，可当初选择了远离故乡去打拼，此刻就要承受这离别之痛。

火车上催促送站旅客下车的声音再次响起，青青与父母依依不舍地挥手告别。看到父母略显消瘦的背影，她暗自发誓，回京一定扬帆启程，大干一场，找回十年前的激情，全身心投入到工作中，此生一定要有一番作为。争取早日解除经济危机，早日让父母过上更好的生活。不再让父母担心，不再让兄长担心，不再让牵挂自己的人操心。

列车缓缓启动，带着青青的牵挂、青青的梦想和青青的豪情驶向了北京。

第十五章　回到北京

北京这个让青青一踏入就能激情四射的城市，她热爱这座城市。因为这座城市可以不问出身，可以相对公平地给每个人提供机会。她相信只要自己万分努力一定可以过上自己想过的生活，一定可以实现自己的人生理想。

她不要再等待了，自从与康泽谈恋爱开始，她便逐渐沉入了恋爱模式。曾经，康泽对她说："青青，我对你的要求不高，只要你一月挣两千块就行。你的工资我没有要求，你的工作是为了让你的生活充实、高兴，为了你有自己的生活，有自己的交际圈，你不用太累太辛苦。"

这是每个女人都希望听到的话吧，没有压力，只要你高兴。这是爱情宣言，也是毒药。

青青曾经差点中了这毒药的毒。

也许是从小青青根植于内心的某种思维，也许是她骨子里的闯劲，最终她保持着清醒独立的职业思维。

自从第一家单位的领导开会时说过一段话之后，青青对工作和男朋友就有了非常深刻的印象。

那时她的领导说："一个女人谈恋爱的时候一定不要忘记和放弃自己的工作，万一哪一天和男朋友分手了，一定不要让自己处于失恋又失业的悲惨境地。女人，一定要经济独立，一定要有

份自己的事业，以防在谁都靠不住的时候还有事业可依靠。”

这几句话，青青自从听后就谨记在心。她不但保持警醒，同时她还悟出了一个很多女人都悟不出的道理。她认为男朋友或者老公，无论对方多么优秀，那都是对方的，并不是自己的，对方的光环只属于对方，并不属于自己。只有自己真正强大了才是强大了，才是硬道理，才是最可靠的。每个人的人生都是自己的，不是另一半的。

鉴于此，她从来不放弃自己的职场奋斗。

此番生产休假期间，发生了诸多事情，青青带着家人的寄托和北上的奋斗情绪，暗自告诫自己要奔跑起来。要直面惨淡的人生，要迎接困难，要奋力还款，洗白过往。

她回到北京休息了两日便换装到公司报道了，部门可爱的小伙伴们看到领导回来，满怀欣喜，工作逐渐进入了正轨。

青青休假之前把相关工作安排得妥当，几个项目顺利实施，纵使有项目未签合同，她也早已与客户单位沟通好内容，做好了合同，等待时间到节点同事去执行签约和实施即可。

合作伙伴们对青青非常关爱，在怀孕的时期就经常叮嘱和问候她，这让她感受到了极大的关怀。

产假结束后到公司上班，领导与同事都叮嘱青青慢慢适应上班的节奏，因为一般都需要调整一下，但她觉得她不用适应，可以迅速开始工作，于是你便看到她刚回到公司就开始了每天的忙碌。因为女儿还小，需要哺乳，而青青的母乳又充足，所以每天刚到十点半，她便感觉到涨奶的感觉。青青在回来上班前就准备好了电动吸奶器，上班第一天便带着背奶包、吸奶器、冷冻块、奶瓶这些设备到了公司。

十点半到了，青青带着东西去了公司的母婴室。

她真的没有想到公司专门为哺乳期的同事设立了这个房间，看着沙发，各类吸奶器、微波炉、热水壶、打水壶、冰箱，再看墙上还有吸奶大比拼，奶牛排行榜。青青的心情美极了，她为自己能在这样人性化的公司感到自豪，她为她能够继续给女儿母乳感到高兴，她终于要成为一名背奶妈妈了。

由于奶量充足，从产假回来上班第一天到女儿一岁期间，她每个工作日的白天都吸奶三次，晚上亲喂三四次。

休假回来之后的青青白天忙碌工作，联系客户，告诉客户返回职场的消息，启动业务的联系，只是因为吸奶的原因，她外出的次数大大减少。每天上午十点上班，下午六点下班。每周外出见三四次客户，平时更多的是通过电话与邮件联系客户，忙的时候经常顾不上喝水。这期间三次吸奶，占用了她一些工作时间，很多时候忙起来都是跑着去吸奶。

重新返回职场，青青也向领导做了汇报，生活的汇报和工作的汇报。几天之后领导向她讲述了另外一个业务线的发展和规划，给她安排了另外一个业务线的销售工作，职位确定为营销中心总监。这是她在休产假期间就知道的事情，只是现在开始实施了。青青也想施展才华，便信心满满地领命。

增加了一个业务线的事情，工作自然更加忙碌。青青的执行力很强，领导安排的工作她总是毫不怠慢地去全力完成。增加了这个业务线，每周至少增加一次例会，加上自己原本业务的周会，每周至少开两次例会。青青在单位的时间是用分算的，她总是那么忙。

那十六个未接来电就是青青在接手新项目后的第一次例会时呼入的。她看到十六个未接来电后心情万分沮丧，因为考虑到在公司，不方便说很多敏感的字眼，所以她当天下午一个电话都没

有回。

晚上回到家中，青青把这场会议的未接来电事件告诉了康泽。之前虽然俩人都接过催收电话，也曾特意回避过催收电话，但是从来没有像这场会议这般数量之多。

听着青青激动的叙述，康泽更加激动，却也不忘安慰着她。

“这帮家伙真是想把人催死，就知道一个劲儿地打电话，真是太烦人了，在老家都给他们说过了，有事找我，给我打电话，怎么这帮家伙又打我老婆电话。老婆难为你了！对不起!”

看着康泽急得脸上的青筋都要爆出的样子，又听到康泽安慰的话，青青抚平了情绪，轻轻地呼出了几口气。

紧张的气氛就这样伴随着康泽的歉意逐渐淡化了，家里人的话题又回到了孩子身上。

女儿果果还是一如既往地懂事乖巧，让人疼爱不够。女儿从出生第四十九天起开始长湿疹，刚开始脸上长，后来身体上也长，在北京儿研所开了治疗湿疹的药物并不能根治。休产假期间在康泽老家和青青的老家都去医院看过，但还是不见效，只有配合激素使用才可以消退湿疹，如果药膏没有添加激素，脸上则会呈现溃烂的症状，这让青青着急却又无法可解。

虽然女儿的湿疹挺严重，但是女儿却并未因此哭闹不止，每天还是该玩耍玩耍，该吃奶吃奶。只有饿了、尿了才会哭，而这个时候的哭也仅是向大人发出的信号而已。

看着上天恩赐给自己如此懂事的女儿，康泽和青青感到欣慰。青青对这个孩子万般疼爱，一来是因为这是她第一个孩子，二来是因为孩子来之不易。在她怀孕三个月的时候便知道肚子里面是个女孩，因为她做了个繁花锦簇的梦，梦见花代表生女孩。那时起，青青就非常肯定地知道他们的孩子是个女儿。

第十六章　接听电话

就这样，青青白天去上班，晚上回家，每天的电话都在不断地呼入，每次看到有电话来，她都要挣扎一番。

“接还是不接？不接如果是客户电话怎么办？接，如果再是要钱的电话怎么办？公司这么多人，说话万一被听到咋办？”

青青不想同事知道她的事情，她想保持她的职业形象，她想保持她在同事和下属面前的威信。所以大多数情况下，她还是选择不接，但是每天也总有几次忍受不住心灵的煎熬而接了电话。接了电话就是沮丧，每次基本都是接了电话后就到楼道里向对方解释。如果在楼道里遇到有人，她便会再往下走一层，边走边说，这种时候说的都是无关痛痒的，或者特别官方的话。等到没有人的时候才能透彻地说自己的具体情况。

催收电话总是会问：“请问是祝青青吗？我看到您的信用卡产生了逾期……”这是每次整个电话过程中最形式性的话，最无关痛痒，但也是最让人紧张的话。因为这种无关痛痒之后马上进入的是另外一番抽筋剥骨般的询问与答辩。

态度好一些的催收人员会很关心地问：“请问您现在是遇到了什么困难了吗？因为我看您之前还款记录都良好。”

听到这里，青青还能捡回一点尊严支撑她继续正常的通话，她感觉似乎寻找到知音了，但每当感动得要哭的时候，对方总不

会忘记自己的本职工作，继续说道：“很遗憾，您的困难我也帮不到您，每个人都会遇到困难，但困难总要面对，您看能不能向亲戚朋友借一借，毕竟信用卡是要上征信的，您也是受过高等教育的人，您以后买房买车，孩子上学都会受到信用的影响，您难道不希望自己有个好的征信吗？如果您的征信显示连续逾期，那您是会进入黑名单的，您以后买房是贷不了款的。这会给您的生活带来极大的不便，您还是想想办法，尽快解决。您拖的时间越长对您越不利，因为您的滞纳金和罚金是按日计算，每天都在增加，我也是为您的利益着想，是为您好……”

无论你说出什么样的原因，也都只是对方话术中的一部分而已。越是听到这些话，青青越是难受。银行的工作人员说得很对，可她却解决不了那些问题。谈话内容中一次次地提到信用这个词，一遍遍地刺痛着她。青青这样的人，多么看重信用啊。可如今，信用卡几乎都开始逾期了。

终于忙到五点半，每天最后一次吸奶的时间到了，每当这个时候有陌生电话呼入，青青都不接听，并且都特坦然。因为现在是给孩子吸奶的时间，无论谁打电话都是不方便接听的，这也意味着此刻并不是她故意不接听电话了。青青的内心释放了压力，每天这个点的吸奶时间是她一天中比较轻松的时间。可以不想工作，可以内心毫不自责地不接电话。

回到家中，青青与康泽核对一下当天的情况，N 银行打电话了，T 银行又打电话了，Y 公司又打电话了，G 银行打电话了，P 贷款公司也打电话了……

康泽说：“你不方便接就别接。”

从周一到周六，每一天都会有催收电话，周一到周五是青青的工作时间，有的电话接不到就会在周六继续打，往往这一天就是接了这个电话接那个，多数情况下电话里面谈得都很不愉快，因为催收人员总是觉得她是有钱不还，在耍赖。无论她怎么说电话里的人都不罢休，最后只能是不欢而散。有一次青青问："你们大周六都不让人休息，你们想怎么样。"没想到对方说："是啊，我们周六正常上班啊，就是为了催你们这些人的款啊。"这下她才知道原来催收工作人员是上六天班的。

这一天上班途中，在青青刚接完T银行的电话几分钟之后就接到了小哥的电话，小哥关切地问道："你是不是信用卡没还上?"她心头猛地一惊，然后第一时间调整呼吸故作镇定。尽量让自己的声音保持正常地告诉小哥："是的，欠T银行的钱两个月没有还上了。"小哥稳稳地说："我刚接到了T银行的电话，说你欠九千八百多块没还，让我给还，我还以为是骗子呢。"

青青告诉小哥："是银行，的确也是欠了银行的钱。"小哥执意要给她还上，想到即使还了这期，还有下期，欠的不是一点半点的钱，俗话说救急不救穷，这要让小哥还，那将是遥遥无期地还。所以，她告诉小哥不用担心，她自己能解决。

小哥不解地问："康泽是干什么吃的，怎么搞的，让信用卡都能逾期了？我告诉你个养卡的方式，每个月还上最低还款，然后再找人把钱给刷出来就可以保持不逾期了。"

青青真是不知道该怎么回答了，因为这些年康泽一直在用这样的方法，现在是连还的资金也没有了，资金链完全断裂了。但是她没法给小哥说呀，如果说了，小哥一定会问现在什么情况，欠多少？如果小哥知道自己的惨状一定会想方设法救济她，可如果这样，会因为康泽的投资失误而拖垮自己的亲兄弟。届时，自己的父母肯定也会知道她的境况，青青无法面对那么多人的询问。

所以她装作轻松地告诉小哥："我会把这个方法告诉康泽的，

让他去处理。”青青大说让哥哥放心的话，让他再接到电话就说：“祝青青会自己处理。”小哥知道青青的倔强，也知道她的自尊心强，最终也不再坚持帮她还款的事情了。

挂了电话，青青走在公司楼下的大厅里，抬头看着高高的天花板，她觉得她的境况与这高高的5A级写字楼格格不入。她觉得她似乎不属于这里，一个华丽的白领不是应该驰骋商界吗，怎么这么卑微地向各家诉说着自己的悲惨现状，怎么能让在家乡的兄长担忧离家十几年的她？离开家乡不是为了创业谋发展吗，不是为了赚钱吗，怎么现在没有光宗耀祖反而成了被关照的对象？青青酸楚的内心再次翻腾，眼泪冷冷地从面颊上流下。她目视前方，像个木偶一样，直直地走了过去，按开电梯，从一层到二十二层，在电梯上行的过程中，青青让眼泪渗干。出了电梯，她试着让自己面带微笑，刷卡进门，她又恢复到了职场的心情，那美好的样子让谁也看不出她刚刚有过那样一番心理过程。

到了晚上，青青还是把白天发生的事情告诉了康泽，从夫妻相处之道上来讲，这是哥哥对她们小夫妻的一种情义，这份情义她希望康泽能够领下。“领了这份情，康泽对她的家人以后只会好上加好。”青青想。

康泽听后，确实也是感动地说：“小哥人确实不错，以后我们好了一定在你家乡与小哥一起合股做些事情……”

以康泽和青青现在的经济情况来讲，说这些话简直就是大话，但是青青要的就是康泽的态度，因为她知道她不可能一辈子不翻身，只要翻身，青青预感到一定是他们成大事的时候。所以她希望与家里的兄长联手谋发展，毕竟父母在家乡，兄长好了父母心里也会更高兴的。虽然现在小哥发展得也挺好，但是青青内心一直根植着这个想法，以期待有朝一日实现。

康泽表完态度后，对青青说："老婆，让你委屈了，我还是出去赚钱吧，天天在家里也不是个事，看着他们催你，我恨不得拿刀把他们砍了。"

屋里的气氛逐渐归于平静，此时的沉默宣告了康泽即将外出赚钱的事实。青青走不了的，因为她要喂养孩子。孩子需要一个稳定的家。她住的是单位的房子，一套两居室，比市价便宜很多，她庆幸的就是现在还有个房子，有个家。她只有好好工作，保持每个月有工资收入以支撑生活开支和房子的居住权，毕竟孩子还太小，不能让孩子跟着大人去流浪。

既然商量到了这里，青青不知道从何方赚钱，也只有寄托康泽出去做个大项目，一把赚回来足够的钱，好赶快还完债务。其实从实际情况来讲，她一点儿也不希望康泽走，因为孩子太小，她做母亲也是头一次，那么多的不适应，那么多细小的事情，那么多的脆弱，她希望丈夫陪着她，她希望她能够在一个宽大的肩膀下度过她初为人母的那最为焦虑的一年。她也不想单独与婆婆相处，婆婆至此并不知道他们的经济状况，有些时候说青青提钱提得多，甚至捕风捉影地说："如果我是个有钱的婆婆，那会被人尊敬得多。"青青受不了这样的话，这句话有两个意思：一、青青不尊敬她。二、青青是个见钱眼开的势利小人。

青青真是有苦说不出，每当婆婆说类似这些话的时候，青青都想把康泽这些年的情况告诉她，让她血淋淋地知道在她面前的这个女人是多么纯善。青青在心里无数遍地想告诉婆婆："一个人受不受人尊敬与她有没有钱并没有直接关系，而是与这个人的处事方式和为人有直接关系。并且一直以来我并没有不尊敬您。"

第十七章 康泽南下

十二月二十六日，青青刚回到单位上班的第十一天，康泽启程南下。这天，她到北京的一个会议中心去开会，会场离家较远，单边需要将近三个小时才能到。开会间隙，她找了个隔断吸了两次奶，然后喝了小半杯水。因为吸奶不方便，下午她便早早启程返回，等回到家中天色已黑，康泽在收拾行李准备出发。他要去广西，说一个做工程的朋友叫他去。现在家里这个经济状况只有他去赚了大钱才能扭转局面。他去广西，一是赚钱，二是躲债。因为他已经接到要上门堵人的催债电话了。

青青一进门，婆婆就问道："青青，晚上想吃什么?"

青青在外出跑了一天，吸了五百毫升奶，只喝了小半杯水。路上的颠簸和身体的缺水，让她感到口干舌燥。此刻听到婆婆的问话，她感受到了回到家的温馨。

她高兴地说："想喝汤。"

谁知就这一句喝汤，却迎来了婆婆的埋怨。

"喝汤要提前一天说，现在说喝汤怎么能做得出来?"

听到这话，青青犹如当头一棒，她并没有想那么多，她只是回答了婆婆问的问题"想吃什么?"也许是刚上班确实没有适应过来，也许是别的原因，青青的嘴上已经明显地展示着她在上火的标志，这出去了一天，吸出去的远远比喝进去的多得多，背着奶到处跑来跑去，吸奶也不方便，这晚上喝口汤还被这样呵斥?

青青想不通，问道:“为什么做不出来?”

婆婆更加理直气壮地说:“那些肉解冻不需要时间吗，现在说怎么能来得及，喝汤要提前一天说。”

青青憋闷，她在想，如果是自己的妈妈，肯定会第一时间想办法让女儿喝上汤，而不是如何给女儿提喝汤的条件。况且喝汤需要提前一天说的这个条件实在是太苛刻。争吵就这样开始了，婆婆又提到了青青对她不尊敬，说给她提的要求过分。康泽在青青进门时就准备出发的，听到两人的对话后竟也对青青说:“以后你喝汤就提前一天跟妈说。”青青本就觉得委屈，听到康泽这么一说内心全线崩溃。眼泪止不住地流了下来，吵闹升级，但是康泽必须得走了。青青不解为何康泽也要让她喝汤得提前一天说，她对他很失望，她无法对婆婆发火，只能把火发在康泽身上。

婆婆见到这个情景，恶狠狠地对康泽说:“你赶紧去，把大钱给我挣回来!”婆婆的这句语气凌厉的话，说向康泽，却泼向了青青。

康泽的时间很紧张，抓狂地左右徘徊。在两个女人的争执中本来就耽误了时间，现在更是焦急地说:“老婆，我走了你就好好照顾妈，拜托你了。”青青无奈又痛心，只能忍着眼泪让康泽赶快走。

康泽走了，屋里空空的，天色已黑，但是婆婆并没有开客厅的灯。看着婆婆挺直了腰板坐在沙发上一动不动，青青心中万分复杂。她为了康泽，搭进去自己那么多钱，可婆婆却一直觉得她是个爱财的势利女人。婆婆在康泽临走前狠狠地说出让他去挣大钱的那句话对青青来讲是种侮辱，她有跳进黄河也洗不清的感

觉。想起来坐月子期间的种种，青青伤心极了，她要向婆婆证明她并不是她想的那种女人。她哭着对婆婆说：“妈，等康泽还完了债务，我就与他离婚。”

青青和婆婆，家里所有人都认为康泽这辈子是能够赚到大钱的，这个观念根深蒂固地存在于每个人的心里。青青说出这句话的意思是，她可以在康泽有钱的时候离开他，这总可以证明她并不是嗜财的人了吧。当然，婆婆并不知道那些逾期的债务，但是婆婆帮康泽问同学及几位亲戚借过钱。原本以为这句话可以让婆婆觉得青青并不是爱财如命的女人，以为婆婆对她的态度会有所转变，没想到婆婆依然挺直了脊背坐在那里，冷冷地说：“你们的事情，我一概不管！”

青青听到此话，心里感到一阵悲哀。没想到她无私奉献，到头来在婆家竟然是这样一番田地。她流着眼泪，打开冰箱看有什么菜，其实她说的喝汤并不是要喝猪蹄汤，对于她来讲就是渴了，想喝汤，什么汤都行。但是婆婆理解的却是她要喝猪蹄汤，一场争吵就是这样开始的。青青边想着，边从冰箱里拿出一块鸡肉，她喜欢吃鸡肉，她想试试看能不能现做出来带肉的汤。她要用现实告诉婆婆即使是喝肉汤也不用提前一天，她要让婆婆知道她提的“喝汤提前一天说”这个条件多么无理。

青青用冷热水交替给冷冻的鸡肉解冻，一会儿时间，肉就可以切下来了。青青切了菜，做了鸡肉汤，她还是做了两人份的，等汤做好，青青的气也消了不少。她告诉婆婆可以喝汤了，婆婆还是坐那不高兴地说：“晚上不想吃。”青青告诉她做了鸡肉汤，现解冻的。婆婆不语，婆婆一直以来都是高高在上的感觉，挺起个腰板，看都不看。

也正是这一次，青青体会到了什么是受气的媳妇。

这个夜晚就这样过去了。吵归吵，闹归闹，孩子还小，日子还要继续。如果有钱，青青绝不会让婆婆继续带孩子，她一定会请人来带，或者自己带。可现在难就难在没有钱，她必须求助于婆婆。

次日，青青红肿着双眼。但是该上班还得上班，该怎么还得怎么。

青青背起背奶包上班去了。

婆婆正式开始了独自一人照顾孩子的日子。

也许是白天一个人太过孤单，青青晚上到家，婆婆主动与她攀谈，青青本来就比较容易从悲伤中走出来，一看婆婆都主动了，她这也烟消云散了。青青说她去做饭，婆婆说让她看着孩子，因为她看了一天孩子，现在去做饭相当于休息。青青只好作罢，转身去陪女儿了，看着女儿因为湿疹快要溃烂的小脸，她心疼得不得了。现在只有涂抹一种管状的软膏还有些效果，其他都不管用。小脸蛋还是红红的并且有很多处结痂和溃烂。用了很多药都不管用，也没有更好的办法。

晚饭开始了，青青一看，心中掠过一丝悲凉。还未说话，婆婆便说晚上她不想吃，带了一天孩子全身疼痛，两个人的饭也不好做，就少做了两个菜。看到婆婆确实是有些疲惫，青青的内心又泛起了小小的自责，她刚刚不该掠过那丝悲凉。她想到婆婆也不容易啊，一个从小没有吃过苦的女人，一个生在县城中心的娇娇女，一个嫁到城市中心在政府大院里生活的太太，一个丈夫疼爱了一生的女人，一个家里保洁都是要靠保姆来做的女人，一个用过十六个保姆的女人，现在因为儿子一家生活困难，无奈自己只能帮忙照看孙女，想想婆婆这样的女人能待在这里帮忙看孩子已经不容易了。

想到这里，青青心头一阵难过。她在想，如果找一个家在农村的老公，那农村的婆婆是不是不会那么娇气，农村的婆婆是不是不会动不动就身体不舒服，农村的婆婆是不是不会那么只顾自己的情绪，农村的婆婆是不是会稍微收拾下家务，农村的婆婆干活是不是会麻利一些……想到这些，青青对婚姻有了更深层次的认识，她第一次深刻地体会到了，婚姻不仅仅是两个人的事情，婚姻是两个家庭的事情。

城里的婆婆会在家里谈到红楼梦里的贾母和王熙凤，城里的婆婆会经常说到徐志摩与陆小曼，梁思成与林徽因，城里的婆婆会提到精神文明建设，城里的婆婆会提到养老要到养老院，城里的婆婆会随时谈起时政，城里的婆婆会对生活有高要求，城里的婆婆需要你一进家门就面带微笑，城里的婆婆需要你天天照顾好她的心情……这些也许是农村的婆婆无法谈到的，也是不会要求的。

但是这些对于一个媳妇来讲，对于孩子不到一岁的年轻妈妈来讲，对于一个每天面对四面追债的青青来讲，无疑是困难的。年轻的妈妈更希望能有个得力的帮手，帮助她带好孩子，打理好家务。因为刚生孩子这一年，对于在职场的年轻妈妈来讲非常重要，她们在身体没有恢复好的情况下要面对每天晚上醒几次喂奶、换尿不湿等孩子的事情，第二天顶着晕乎乎的头又要去上班，上班还要做出成绩，因为要赚奶粉钱，还要吸三次奶。等到下班回到家又开始了孩子的生活，整整二十四小时难以有个好的休息。

这个阶段的年轻妈妈希望的是有个能干的婆婆，并不是知贾母、懂志摩，这个阶段的年轻妈妈哪有精力去探讨徐志摩的诗呀。

但青青的婆婆就是这样一位略带“文艺范儿”的婆婆，说到这些内容的时候总是婆婆最兴奋的时候，这个时候往往婆婆的头不晕、脑不昏，说上半天也无妨。

这些风花雪月与青青当下的生活状况简直就是天上与地下的两个极端，白天上班接着催款电话，晚上回家看到婆婆疲惫的脸和满怀文艺的情绪。青青实在无力，也没法调整心情去讨论那些与她生活不相干的话题。因为在单位，上班、吸奶，看着那么多催收电话，无奈接一两个电话，在电话中苍白地解释着如何破产，如何没钱，如何凄惨，每天都是如此，等她回到家，早已耗尽了全身力气，晚上实在没有心情再听婆婆去讲什么家长里短或是前人古事了。

所以在接下来的那些日子，两人基本形成了既定氛围。吃饭，讨论孩子当天的情况，别无他话。婆婆依旧没有太多笑容，青青无力也无法哄婆婆开心，因为她自己的心情已经够烦乱的了，回到家还得掩饰着，不能让婆婆知道，还得小心翼翼地面对婆婆，青青感到压抑，但也无法。幸好每天可以吸出五百毫升的奶，否则真怕买不起奶粉。晚餐也总是简单的，有的时候就是粥，晚上八点半青青哄孩子睡觉。有几次，十一点再起来冲一包豆奶粉喝，肚子真是饿呀，白天吸出五百毫升，晚上还要喂奶三四次。青青的身体现在正是需要大量吸收营养的时候呀。

自从康泽走了之后，青青每个月给婆婆五百元生活费。主要用于买菜，她的早饭与晚饭在家里吃，周末在家里吃饭。康泽在的时候给一千，现在是给五百，青青想应该是够的，但后来婆婆诉说这钱不够。一分钱掰成两半花的日子就是这样的，没有钱只能省了，青青实在是拿不出更多的钱用于生活了。她在想如何节省度日，打开冰箱一看，整个冰箱都是满满当当的，冬天里的茄子、豆角、南瓜等蔬菜都有。她记得豆角是六块八一斤，但是她

却没在饭桌上看到豆角的身影，打开包装袋一看，一包豆角全部坏掉。这将近三十元就白白消失掉了，浪费。再看看别的菜，有新鲜的也有蔫的。

第二天青青打电话告诉康泽，让他委婉地给婆婆说下，生活上节俭一些，没想到康泽在电话中就给拦截了。康泽说：“妈妈是最节俭的人，她如果还不节俭这个世界上就没有节俭的人了，她年轻的时候舍不得吃舍不得穿，总是把好的东西留给别人……”一通电话下来青青憋了一肚子话说不出口，严格地说应该是她根本就插不上话。总之康泽认为他的母亲不会浪费，那既然康泽不想听，她还能怎么办呢。

青青这辈子也无法忘记一月十号那天下午的心情，那天早晨出门前，婆婆告诉她：“孩子脸上擦的药膏没有了，记得回家的时候带一管回来。”她以前就提醒婆婆用的时候省着用，那么一小管药，婆婆总是不到一周就用完，每次用药也与做饭一样，就是量多。青青觉得这极其浪费，可她又改变不了什么。

快下班了，青青还没有给女儿买药。可是今天她应该给女儿买药了，如果不买，晚上孩子的脸上又要开始溃烂了。

怎么办呢？

青青在公司楼下，踱来踱去，一遍又一遍，摸摸口袋里的钱，拿出来数一数“一块八毛钱”，天呀，一块八。青青所有的银行卡、支付宝、微信的余额都是零，信用卡全部被停，她身上仅有的就只有这一块八。荒唐啊，真是荒唐，真是天大的笑话，青青此时此刻觉得十块钱都是大钱，那种钱具体到几毛的感觉让她深刻地体会到了每一分钱都有巨大用途。她回想到初中时代的零花钱有两块钱的时候，那是二十年前了，她再回想到以前出去旅游吃饭的时候，怎么会把百十来块当回事。可现在，就是现在，她连给女儿买药的二十五块钱都拿不出来。

日子过到这个份上，太凄凉了。冬天的冷风吹着，她却感觉不到一丝寒意。

此刻，青青的心，比极地的冰雪更寒冷。她想不到这辈子她连女儿的二十五块钱的药膏都买不起。

哀莫大于心死，此刻青青的心情就是这般。

她一遍一遍地在公司楼下的广场上走来走去，双手插在大衣的口袋里，轻微地仰起头，慢慢地走着，心口在剧痛，心中在唱歌，在唱一首凄凉、悲伤的歌。

从远处看这个走在风中的女子，看似闲适、悠然。可又有谁能知道她此刻的境地呢?

药终归是要买的，可她不能向人借几十块钱吧，就算借几百也不好意思说呀。她拿起手机，看着微信上的头像，思考着到底问谁张口呢。翻来翻去也没找到合适的人。

青青也不知道该怎么办，手机静音，这个世界此刻似乎与她隔绝了，思维呈停滞状态，只有脚下的动作有规律地进行着。

不知走了多久，天色渐灰，从大厦里走出的人越来越多，怕是快下班了。青青拿起手机看时间，突然发现，手机屏幕蹦出一条短信提示，原来是发工资了。

是呀，今天是发工资的日子，怎么能忘记这事呢。

青青的天空陡然转晴，她高兴地大叫一声：“耶!”

无处解忧的情绪太浓烈，一种情绪还未完全消失，另一种情绪突然而至。青青在去药店的路上，交叉对比着两种心情。她觉得上帝一定是在时刻关注着她的，一定不会让她的生活走到绝境的，今天这事就是个极好的例子。

第十八章 婆婆知情

康泽常用的电话处于关机状态，他用别人的身份证买了火车票，到广西办了个当地的手机号，他想即使是公安也很难查到他的行踪了吧。各大银行陆续在找他，找不到他就开始联系他留的紧急联系人和贷款联系人，现在青青除了接自己的电话，还得接康泽的电话，元旦过后电话逐渐增多，也许是大家都在春节之前冲业绩，电话打得无比猛烈。

有一天青青回到家，刚进门，婆婆赶紧拿着一封信给她，说："今天有个人找你，说你欠了钱，还说让我把这封律师函转交给你"。婆婆用询问的眼神看着她。

青青心里一惊，这一惊有青青的意外，还有青青的担忧。她担忧按照婆婆这个林黛玉的性格会不会接受不了。

青青一时不知道该怎么回答婆婆，在她例行放包、放奶的那几分钟里想了无数种结果。催收的人怎么给婆婆说的？婆婆知道多少？婆婆那么脆弱怎么办？我接下来要怎么给她说？婆婆万一就此病倒怎么办？……

烦啊，真是烦！

康泽把这么大的包袱轻而易举地就丢给了她，青青感到她的肩膀此时此刻是如此单薄，甚至是能感觉到肩膀上就两个骨头架子在支撑着自己。心仿佛被置于遥远而又深邃的大海，似与身体分离却又没有分离。

放完奶，关上冰箱门，青青快速调整了自己的状态。她告诉自己：“青青，现在是该你顶起家的时候了，你要坚强！”

她拿过信封，看到上面写着“律师函”几个大字，心头又是一紧。从来没有跟律师打过交道的人，看到这些东西的心情可想而知。那种慌乱和恐惧是控制不住的，似乎看到这三个字就要被警察带走一样。

打开仔细看里面的内容，原来是B银行的贷款，连续三期没有还，银行发来律师函告知要还款了。青青知道这家银行，因为她接到过当初贷款经手人的电话。青青说了没有钱，但是对方说这是国家的钱，B银行这位大姐的催款态度是所有银行中最好的，从未说过一句过激的话。因为这笔业务是她做的，她就得跟踪还款，所以现在是已经到了上门告知的阶段。

青青压抑了许久的情绪被点燃了，想想白天那些催收公司的电话，想想那些恶言和谩骂，她实在憋不住了。她想，既然婆婆知道了，那就说出来吧，免得婆婆总以为她是个爱财的势利眼女人。

这晚，婆媳俩坐在客厅深入地沟通了两个多小时，青青说了给康泽贷款的事情，说了坐月子四十一天出门也是去办借款的事情。婆婆惊讶了，婆婆也说出了让青青从来都不知道的事情，婆婆告诉青青，她也给康泽在家里借了一些人的钱，这些钱青青从来没有听康泽提起过。青青追问得知，原来每年康泽回老家两个月甚至三五个月都是在到处筹钱，说筹钱是好听点的，实际上就是借钱。从婆婆口中得知，婆婆也为康泽筹集了四十万元左右。怪不得婆婆对青青一直是那样的看法，原来婆婆已倾尽所有地在全身心帮助康泽，而婆婆还不知道青青也尽其所能地在助力康

泽。婆婆一定以为这个世界上就她为康泽好，就她为了康泽可以什么都不顾，而媳妇却在享受由她带来的安稳。

青青心里那个恨啊，她恨康泽从家里借的钱从来不提。婆婆说："要知道你在北京给他贷这么多款，我就不给他借了，每次他都说着急着急，每次他都说这次有个什么事情差多少多少，我就给他三万五万地借，这加起来都几十万了。"

婆婆说的这些借款中有青青知道的，更多的是她不知道的。她在给康泽贷款的时候曾想过，如果他生意失败，还有他家乡的亲朋好友可以救急，那时候即便自己没有也可以向亲人求救来渡过难关。现在看来，康泽在各家银行催收紧逼的情况下遮掩着不去借钱的原因原来在这里。青青那个气呀。

她告诉婆婆："这几年我无数次地想把我们的经济情况告诉你，因为我阻止不了康泽投资，我想告诉你之后你阻止。可是每次康泽都狠狠地咬着牙对我说：'你敢说，如果我妈高血压犯了，我找你算账！'就这样，我一直都不敢说，我想到您平时柔柔弱弱的样子，我也不敢跟您说。万一您因为这个病倒了，我的罪过可就大了。"

现在想想，康泽更多地是怕东窗事发呀。

青青问婆婆："那你怎么不跟我说你在家里帮他借钱的事情呢?"

婆婆也是一脸无辜地说："康泽不让我跟你说呀！我想着他也是为了赚钱，等他赚了钱还了就是。"

无语啊，真是无语！

怪不得婆婆一直觉得青青爱财呢，怪不得婆婆在青青家里一直颐指气使呢，怪不得康泽对婆婆的颐指气使又无可奈何呢，这可不仅仅是康泽孝顺，这中间还有这层财力的支持啊。

婆婆一直认为她是这个世界上对康泽支持力度最大的女人。而康泽又把她养老的钱动用了，以至于她没法过自己想要的老年生活。

婆婆曾经对青青说过：“如果不是康泽把我那十几万借走，我就可以每个月给你们三千块，你们请个保姆，我想回去的时候就回去休息下。在我们这个年龄，带孩子只能是乐趣，不能当成任务了。康泽妹妹的孩子当时在我们家里都是我和康泽爸爸两个人一起，他妹妹带着孩子和保姆，几个大人照顾一个孩子。”这是果果刚满月那几天婆婆与她聊天的时候说的。

现在想想，婆婆当时是什么样的心情，婆婆一定是想着她为康泽借了那么多钱，你们两口子借我那么多钱，我还要被捆在这里带孩子。

包括月子里，婆婆的种种，青青似乎一下子明白了。

原来如此！可是这让她受了多少不该受的冤枉气啊。

俗话说，经济基础决定社会地位，这句话在家里也是成立的。

婆婆觉得为康泽和青青的小家，不但自己的养老金动用了，还把老朋友的钱也都借过了，理所应当在儿子家受到高标准待遇。可婆婆不知道的是，青青也同样倾尽所有地支持了康泽，并且每天饱受银行催收之苦。

事已至此，随着这封律师函的到来，正式拉开了青青悲惨生活的帷幕。

次日上班，青青的心情比往日轻松了一些。她感觉婆婆知道了这件事情像是把她肩头的重担分担掉了一些似的。婆婆早早地起来给她做了粥，端好到餐桌面前，略带尴尬又面色温和地告诉她趁热吃。青青感受到了婆婆的变化。上班路上她把婆婆知道债

务的事情告诉了康泽，康泽焦急，但也无奈，只好嘱咐她照顾好他母亲。她问康泽那边项目有没有眉目，康泽信誓旦旦地说："这边项目年后就启动，范总说要年薪五十万元聘请我当副总经理，这是市政府的项目，就等新市长最后一个批示，以前政府都盖过章了，需要再过一次会议。这个项目做起来了，这个城市的智慧城市项目就全部拿下，以后项目多了，咱们还款就快了。"

康泽还说范总需要他这样的商务人士，现在他主要跟着范总到政府去对接一些事务。每次打电话康泽几乎会都给她汇报一些广西的情况，也会给她说范总的故事，有时候青青也会问康泽有没有钱，毕竟范总也在等消息，需要等最后一步消息和资金到位才开始做，期间一直也没有给康泽发工资，为了让康泽抓住好机会，青青只能隔段时间就问问他是否需要钱，如果电话那端支支吾吾，那她就会主动转五百元过去。她知道康泽是个很要面子的男人，他不会拉下脸面问她要钱，全靠青青揣摩。既要维护男人的面子，又要让男人不能在外饿肚子。

第二天白天，婆婆接到了两个催收电话，急忙给青青打电话过去沟通。青青告诉婆婆那时她在公司不方便接电话，催收公司根据联系人留的电话就打到家里的电话上了。说完，青青叮嘱了婆婆如何回答。

晚上到家，看到婆婆哭得红红的双眼，青青心里不是个滋味。婆媳俩都没有心情吃饭，也没有心情做饭。可青青要给孩子喂奶，不想吃也得吃。她简单吃几口饭后便开始安慰婆婆，婆婆脆弱的脸上不住地流泪，说命苦，说恨铁不成钢，说后悔，问怎么办。一大堆问题摆在青青面前，她只好在婆婆身边，一遍一遍地劝解，直到深夜十二点婆婆才回屋休息。次日早晨俩人拖着疲惫的身子起床，青青看到婆婆似乎又要忍不住哭了，便赶快请假在家陪着婆婆，安慰婆婆。这种情况下，万一婆婆就此想不开，情绪郁闷再导致身体不适可就麻烦了。

整整一个白天，青青想方设法地哄婆婆开心，但是婆婆也不是一时半会儿就能调整过来的。青青告诉婆婆，她还年轻，而且主要做业务工作，项目刚刚立项，正好今年丰收，可以赚到钱，让婆婆不要太担心，再过几个月项目招投标后就可以缓解很多。还说了很多关于发展、关于未来的话题，也许是这些话起了作用，到了晚上婆婆的精神有所好转。

自从婆婆知道这个小家庭欠款之后，晚上再有催收打电话来，青青再也不用看着手机屏幕心情沮丧却不接听电话了。她晚上敢在家里接电话了，接了电话她也敢说话了，再也不用像在公司里那样左遮右掩了。

也许是临近春节，银行收缩银根而给催收人员的压力大，每天晚上八点半以后电话才能消停。有时候在晚上竟然也可以出现占线的情况，这家还没答复完，那家又在呼入。催收电话像疯了一样地打着。

青青依旧每天都把电话设置成静音，因为如果打开铃声的话几乎办公室里就只有她的电话铃声在响了。工作忙起来的时候无法接电话，催收公司一般都是少则三个，多则十几个地不间断呼入。

这天回到家，婆婆对青青说：“今天又接到了好几家电话，有 X 银行、N 银行和 F 银行的电话。X 银行和 F 银行是找康泽的，银行说他信用卡好久没还了，说一张卡欠八万，一张卡欠几万几万。N 银行是找你的，说你欠五千多块。”

每家银行说的具体数字婆婆不太记得了，但是记住了对方说让康泽和青青回来后给对方回电话。

青青应对完白天的工作和电话，晚上又来几个电话，她真是无力，但看着婆婆殷切的眼神，只好接过电话号码，拨通电话与对方沟通起来。

也许因为青青并不是持卡人，所以X银行和F银行的态度还算可以，她把具体情况挨个向对方说明，并且告诉对方现在康泽去哪里了她也不知道，她也联系不上康泽。

早在康泽临走的时候就办了两张匿名电话卡，青青与康泽的联系都是通过这两张匿名卡进行的，这样即使公安查询也查不到她现在电话上的纰漏，并且康泽走前就给她嘱咐好了如何应对银行那些人的催收。

康泽让青青对银行的人说："你就对他们说康泽跑了，现在你也在找他呢，你们要联系到他给我说下。"

青青就把具体情况告诉了银行，并且把康泽说的这句话加上。当说到让对方找到康泽联系她时，她感觉自己太卑劣了。怎么能如此骗人呢！唉，现在过的是什么日子呀！真是！

青青打完电话，婆婆说："每天都能接到几个电话，有的是找你的，有的是找康泽的。"婆婆还郑重其事地说："青青，我觉得他们的态度还是都挺好的，他们再给你打电话你就好好地跟他们说，把情况说明，然后告诉他们不会欠国家一分钱，迟早都会还上的，就是再宽限一些时间。你好好跟他们说，他们肯定也会体谅你的，今天有一个人说你总是不接电话，如果你总是不接电话，他们也不知道你是什么情况，他们以为你不想还了，就到处打电话。你还是要接电话，接了电话好好跟他们说。"

青青告诉婆婆："那些人也许因为你是老年人，对你态度挺好的，但是对我却不是很友好，经常说不了几句就开始了威逼。并且现在电话太多了，如果每个都接的话，那我一天的时间可能要全部用在接电话上了。”

但婆婆还是坚持她的看法，并且语重心长地说：“尽量能接就接一下吧。”

青青感觉到婆婆其实还是希望能帮助到她的，便点头答应了婆婆。

刚说完，她的电话又亮了起来，一看电话号码她便知道是Y公司，因为她白天没有接Y公司的电话，当时Y公司把电话打到青青同事手机上的时候那位同事正与青青在一起，同事扭头悄悄对她说：“青姐，Y公司找你的。”青青故作镇定地教同事说：“让他们有事情直接找祝青青，你就说你不方便，然后挂断电话。”

青青回想起下午那一幕，赶紧接通了手机。

虽然她已经很疲惫，但是这Y公司的电话还得赶快接，如果不接不知道要打到哪里去呢。Y公司的催收是个小姑娘，客客气气地开始了询问和关心，例行公事地问是不是遇到困难了，问青青以前都能正常还款，现在怎么逾期了。并且关心地提醒着：“逾期每天是要产生三百多块钱罚息的，您知道吗?”青青当然知道，可她不也是很无奈吗，休完产假连工资都没有发呢，哪里来的钱还债呀，能把房租交着都算不错了。等青青说完家里的情况，说完资金链断裂后对方说让找亲戚借，青青说婆婆的同学和朋友都借过了，没地方借了，现在确实是没法还了，而且说了为了不让Y公司打催收电话，她的信用卡和贷款都逾期几个月了。没想到对方一听便提升嗓门：“银行的钱是钱，我们的钱就不是钱了吗，信用卡你每个月还十块有个记录就行。你欠债还钱天经地义，你怎么这么不自觉，亏你还是个白领呢，我看你不配，你也就是个无赖，你穷死活该，你全家都穷死……”

青青简直要爆炸了，人性怎么能这么邪恶，真是翻脸比翻书还快。刚刚感觉到电话那端是个女孩子可以信赖一下，便掏心掏肺地把自己家的糗事说出去，以为对方会体谅自己，没想到却成了对方嘲笑自己的把柄。

青青愤怒极了，但她还想保持她的修养，只是语气略有激动地说："你怎么能这样说话?"

"我怎么说话了？对你这样的人我就这样说话，怎么样，不服气?"

"我怎么样的人?"青青被惹怒了。

"你这种有本事借钱，没本事还钱的人，你这种人就是垃圾!"

青青简直想不通，她怎么就成垃圾了。

电话两边对骂起来。

"你妈没教过你怎么说话吗，你会不会说话。"青青还没骂人。

"我妈教我欠人钱要还，你妈没好好教你，你这样的，在外面欠了人钱不还，你妈真是没好好教你。"对方洋洋得意地说着。

"我欠钱跟我妈有什么关系，我再欠钱也不会像你那样说话不干净。"

"我就说了，怎么了，有本事你把钱还了呀。有本事就还钱，没本事就别咧咧，别在我面前装。我告诉你，这钱必须得还。迟早你得还，你不还我天天给你打电话，给你父母打，给你同事打，给你领导打，打到你还为止。"

想到远在家乡的老母亲的身体，如果接到这种人的电话怎么办。青青怒了。

对骂道："你有没有人性，我欠钱关我父母什么事，你脑子有病吧。”

“我就是要你父母知道知道，看他们教的好女儿在外面干的什么事，我就是要他们知道他们的女儿一天在外招摇撞骗，他们怕是还不知道呢，以为自己女儿干的什么光宗耀祖的事情呢……”

“你敢，你敢给我父母打电话！我母亲身体不好，如果你敢打电话，我跟你拼命！”

“你放心，我一定会给你父母打电话的，我就要让他们知道你在外面是怎么骗人的。”

青青气得手直哆嗦，心脏像是快要爆炸了，愤愤地挂了电话。这些人怎么给她打电话都行，可就是不能给她的母亲打电话，那样她还不如死了算了。

整个通话过程，婆婆都看在眼里。青青憋红了眼睛，含着泪对婆婆说：“你让我接电话，接电话！你看，接了电话这些人对我就这样，每个电话都是要把人往死里逼，我在公司怎么接这些电话？”

想起来每天在公司的提心吊胆，青青的眼泪再也忍不住了。

婆婆也想不通这些人怎么这样。跟她说的时候都好好的，怎么对青青就那样恶毒，怎么还能说专门要把这些事情说给人家父母听呢，这个人真是不安好心。婆婆也知道她的亲家母身体不好，她也怕亲家母知道这件事情后万一经受不住打击可怎么办。

屋内除了青青的哭声再没有别的声音了。

青青把Y公司那人说的恶毒话告诉了康泽，康泽告诉她再遇到这样的就直接挂断。

“这帮人就是杂种，不是人……”康泽愤愤地说。

青青与康泽商量着，还是在有钱的情况下尽量把Y公司的款

还着吧，这些日子接触Y公司的催收，实在是太难缠了，他们知道青青父亲的电话，看那架势是要真打，如果真打过去那可了不得呀。

康泽听罢，表示赞同，于是俩人就制定了还款的计划，每个月青青的工资，除了房租和日常生活费之外，先还Y公司的三千多，然后每张信用卡还一百。即使一张一百，两人的卡加起来也快两千了。

此后，婆婆似乎更能理解青青了，婆婆也更加意识到情况的严重性了。因为有一天婆婆接了五个电话，五个不同地方的电话，而且还收到了两个小伙子亲自上门来送的律师函，这些事情集中在一天发生，婆婆也郁闷了。现在的晚上婆媳俩除了说说孩子的情况和吃饭外，还要核对一下当天的催款情况。

青青发现，婆婆比她想象的要坚强得多。虽然现在每天回到家还是会不厌其烦地劝慰婆婆，但是她感觉到婆婆似乎并没有被这件事情打倒。在婆婆知道他们欠款的那两周，青青非常疲惫，因为白天上班，吸奶，接电话，晚上回到家主要工作就是陪婆婆，安慰婆婆，疏解婆婆的心情。有的时候青青在上班的路上一直是哭泣的，她感觉到自己真的太累了，要面对所有的欠款公司和银行，要工作，要吸奶，要照顾孩子，每天还要面对情绪脆弱的婆婆，自己都属于需要被关心被安慰的对象呢，却要咽下苦水去安慰婆婆，一天一天，一遍一遍。

那段时间她晚上也吃不好，因为婆婆的情绪不好，没有心情，也没有精力做饭，看到婆婆那样，她也没有心情吃饭。生活给了青青那样的状况，那她又能有什么选择呢？只有硬着头皮往下继续。

康泽远在他乡，每天也在想着办法安慰母亲和青青，远隔千里，只能是言语上的，有时候他不说话还好，一说话就会引起来这两个女人的愤慨，他也只有在电话里认错的份了。

可说这些有什么用呢，实际上催收电话打不到他那里，催债也催不到他那里。他能接到的就是青青的电话，青青被银行催得烦躁的时候就会打电话问他项目有什么进展，几乎两天打一次电话。现在两人的电话内容除了偶尔说孩子之外就是说今天哪家银行如何催收，如何难过，康泽的项目何时启动，何时赚钱。

可她得到的答复基本都是一样的，那边在等消息，翻春就动。康泽还把范总发给他的短信给青青看了，好让她安心。

青青这边的日子是催收日益迫切地循环催，康泽的日子怎样，只有他才知道，他以前的电话只有在某天某个催收紧急地转告他回电话的时候才会开机，然后回拨过去。具体他怎么说青青就不知道了。

有一天，康泽告诉青青，他过几天要与范总一起回一趟江西老家，范总也是江西人，说让她前往江西见一见范总，看看这个人可不可一起共事，看完也好放心，正好顺便把康泽名下的那套属于他妹妹的房子过户给他妹妹。这是康泽在事业单位工作时分到的房子，他占了分房名额，实际上是给他妹妹住的，钱也是他妹妹交的。康泽说按照现在的情况如果不赶快转出去，这个房子可能很快就会被强制执行用于抵债了。虽然这个房子是婚前财产，但是现在必须得要青青一起出面签字才可以过户。

在过户的过程中青青得知，原来这个房子也被康泽做过抵押贷款。这又是将近二十万元的债务啊，顺利过户后康泽妹妹找了过桥资金后又办了贷款，以后这套房子每期两千元的还款又落在了青青身上，长达二十年的贷款就是她与康泽还了。

青青无语，这房子是别人在住，钱却是自己在还，还了那么

多钱，竟然什么实物也没有落下。青青心里真是不甘，让她生气的是，这个房子的贷款她直到今天才知情，而且算算贷款的时间正好是他们结婚前夕，那个时候她还认为康泽没有钱，所以一切都在为他考虑，彩礼也没有要，也没有铺张浪费，可康泽竟然是刚贷了款的，这怎么就是没有钱了。自认识康泽到现在，康泽就没有表露过有钱的时候，这结婚前夕贷了款不就是有钱吗，可他却隐藏得如此之深，东窗事发才让她知道，知道的时候逼迫得她只剩下还款了。

康泽解释说当时需要钱，贷了款马上就填补了项目资金，当时确实没有钱。反正他总是会有说法的。

生气又能怎样，日子还是要过的。

第十九章　看清现实

转眼就快要到春节了，公司在举行年会。因为离开了办公区所以青青把电话调成了铃声，毕竟她还是要接听客户电话的。

刚到会场门口，电话响了，是南京的电话，这个电话也打了好久了，青青乘此机会赶快接听。

原来是N银行总行的工作人员，工作人员是位女士，她听了青青的诉说很同情青青的境况，并告诉青青她也是个两岁孩子的母亲，能理解她孩子年幼生活困难的心情。但是她也提高了声调地告诉青青："这一切都是你自己造成的，我们现在只会找你，因为你是债务人，不会找你先生，你帮他贷款无论是什么用途，我们银行只会找你，你现在就是让我给你家先生打电话，我们都不会打，除非找不到你人，我们才会联系他，告知他你的欠款情况，但我们始终是要找你的。所以，祝青青，是你自己把自己弄成今天这个样子的。我也是个女人，我认为一个女人经营一个家庭，首先就是要让自己过得好一点，不能让自己过得那么狼狈。可是祝青青你呢，是你自己把日子过成了这样，你要知道从法律上讲，这笔欠款永远在你的名下，我们无论怎样催收都是要找你的。你能不能明白祝青青……"

N银行这位工作人员的话萦绕在青青耳边，这些天她似乎也感觉到了。以前还款良好的时候，她接听各个银行或者贷款公司

提醒还款的电话时说："找我爱人，他负责还款。"这句话很管用，可自从逾期以来，说这句话不再管用了，因为他们再也找不到康泽，康泽的电话永远关机。

今天被N银行的工作人员一提醒，她第一次清楚地意识到了不同。以前她觉得两个人是不分彼此的，无论什么都可以代替。现在她知道了，有些东西不是你想不分就不分的，很多东西，很多事情是这个社会早已定好了规则，这些规则足以让你清醒地认识到，每个人都是一个独立的个体，都是社会的一个自然人。你爱人的东西和权利并不等于就是你的，在某种时刻，你的债务并不等于你爱人的。至少现在催收人员告诉她："我看到的名字是你的名字，就只会找你，不会找你爱人的。"

现实就是这么残酷。

N银行那位女职员的话时常萦绕在青青耳边。她也开始反思，对于康泽的支持，是不是太没有原则了，她是不是至少应该保持自己的生活可以正常进行再去帮助康泽，而不是弄得现在连自己的生活都一团糟。

对于现在的生活来讲，虽说想这些为时已晚，但是这些话却深深地被青青记住了。她告诉自己，在今后的日子里她要谨记这些教训，绝不再让自己处于如此艰难的境地。

第二十章　银行来敲门

公司开完了年会，过了个周末就放假了。可就是这个周末，青青家的门被敲响了。

那是一个阳光灿烂的周六，青青正抱着女儿在客厅晒太阳，门外几声敲门声响了起来。

婆婆忙上前去，开门一看，一位身着西装的小伙子问道："请问祝青青在吗?"婆婆疑惑地说："在。"立马就听对方说道："我是N银行的工作人员，因为祝青青的贷款逾期了，所以今天特意家访一次，来了解下情况。"

青青听到后，心里顿时明白了个七八分，应该是那天与N银行的那位女员工的沟通让对方觉得她一时半会儿有可能还不上款。所以现在银行改变了应对策略，安排北京分行的工作人员上门催收了。

银行来人到家里，青青的心里紧张又抵触。但出于礼貌和愧疚，她还是很客气地给对方让座，倒茶。没想到这位经理并不像以往那些催收人员说几句就一个劲儿地催收和语言暴力。那天N银行的客户经理与青青聊了很多，并且可以感觉到他愿意站在青青的角度去考虑问题，非常理性地把银行贷款的属性告诉了青青，告诉了她最好不要累计六次，因为连三累六会很麻烦，以后如果再贷款时会非常影响征信质量。虽然青青这辈子再也不想贷

款了，但是这位经理说得也非常客观，毕竟她还年轻，刚刚三十岁出头，以后的路还很长，何不为自己留个好的底子，万一以后要贷款，不就不用再去求人了嘛。

N 银行的这位经理非常平和地听完青青讲述家庭的现状，表示同情的同时给予了她极大的鼓励，这次的沟通是双向的，也是有成效的，让青青在冰冷的生活中感受到了一丝温暖。青青暗下决心，在有钱的情况下一定保障 N 银行的贷款不再断供。

家访结束，青青一直把这位经理送到了小区门口。并告诉对方："在这么艰难的情况下之所以没有搬家，也没有换手机号码，就是因为不想逃避，不想与银行失联。因为每天电话太多，很多时候不方便接，但即使银行打不通我电话，也可以到家里找到我。我还是希望凭借自己的努力把债务还清，在阳光下做人。"

这次银行上门催收也是所有上门催收人员中让人感受最温暖的一次，像一个朋友一样聊天，但却聊到了青青心里去。

还有几天就过春节了，康泽也买了火车票赶回家过年，现在这个情况下，无论去多远的地方，康泽说他都只有资格买坐票。虽然心疼康泽，但是就他们的现状来讲，也只能买得起坐票了。

就在康泽到家的前两天晚上，一个带着工作证的男人敲响了青青的家门。那日，青青单位刚放假，本以为临近春节没有什么催收的人了，可打开门一看，门外站着一个高大的男人。对方问道："请问康泽在家吗?"这句话一出来，青青和婆婆就知道是怎么回事了。婆婆礼貌性地邀请小伙子有话进来说，小伙子专业地亮出一个工作证说他是 Z 银行的工作人员，前来了解康泽的情况。

到了屋里，那个工作人员说了康泽现在的欠款情况，说了欠款不还的严重后果，也是在这次面对面的沟通中，青青知道了信用卡案件是刑事案件，而贷款纠纷一般属于民事案件。

在婆婆与青青两人的诉说下，工作人员看看家中的情况，也知道了康泽确实不在家，最后劝慰了婆婆之后离开了。

青青看到同样的话，婆婆说起来这些催收人员比较容易相信，不由得佩服起婆婆来。婆婆经过这些时间的煎熬，面对这些事情从容了许多。

青青的法制概念并不是特别清晰，她不知道这些刑事和民事意味着什么，只是知道了这个概念，她把这位工作人员的话转告给康泽。

次日，是青青春节假期的第一天，公司放假十二天。这天也是康泽回家的日子，大年二十八。青青与婆婆把心情都调整到了春节团圆的气氛上，她们正在家里带孩子，看电视，门铃响了，婆婆去接门禁电话，对方找青青，青青让婆婆问是谁，对方回答是 B 银行的季姐。

青青记得这个季姐，打过她的座机来判断她是不是在公司，打过手机提醒过还款，也催缴过款，现在找上门来了。这个姐姐虽然催缴，但态度是电话催收中最好的，从未语气生硬和谩骂。

婆婆给开了门，季姐一行两人，穿着银行的工作服进了家门。看到家里只有青青和一老一小，季姐问青青的情况，问康泽的去向。青青把具体情况向季姐诉说了之后，季姐把利害关系告诉她："如果我们上门了解情况还没有效果，最后有可能会把这个单子交给外面的催收公司，如果到了那些催收公司手里，他们会怎么对你们，那可就不是我能控制的了。"青青表明，钱是一定要还的，但就是现在没有钱，需要宽限，尽量多的宽限。

季姐看到青青的难处，也没法为难她，看着还不到六个月的果果，季姐对她说要坚强，挺过难关，并且逗着果果玩了几下。

青青在内心非常感谢季姐的理解和对孩子的举动。

最后，与季姐一同过来的工作人员做了谈话记录，与青青核对过之后，确认青青是一定会还款的，让她写下这句话然后签字，青青认真地写下保证还款的保证书并签了字。在写的过程中，青青又一次下定决心，一定努力，早日还完所欠债务，在阳光下生活，坚决不再过被人催债的日子。

中午，康泽回来，青青与婆婆把情况与他说明，康泽气急暴躁地大骂一通。最后告诉母亲："以后再有人来不要让他们进门，进民宅是立了法的，你不让他进，他就不能进，他进了屋你就可以报警。"

康泽的这个观念被婆婆狠狠地责备，并告诉他："早日赚钱还钱才是硬道理，人家都找到门上了，不让进门可能吗。总要好好给人家解释的，人心都是肉长的，催收也只是为了催款，又没有对人怎么样，国家的钱是一定要还的，你是逃不掉的。胆子真大，敢欠国家的钱。"

康泽知道母亲说的是正确的，可自古以来就有"一分钱难倒英雄汉"这个说法，现在他就是这个境况。没有钱解决不了任何事情，甚至如果孩子断奶，他连奶粉钱都拿不出来。这是他从来也没有想到的事情，也并不是他的初衷。他之所以创业是因为他想通过这种方式赚回更多的财富，让父母，让爱人，让他的家庭以后可以实现财富自由。父辈们在他们那一代过得很舒适，但是随着社会的发展，贫富差距快速地增大，之前殷实的家底在现在财富剧增的社会环境下算不得什么，康泽觉得他得承担起复兴家族的这个使命。所以他必须得离开体制内，走向外面的康庄大道，创造属于他的那片蓝天。

资金链的断裂让康泽陷入了万难之地，看到母亲憔悴的双眸，他第一次感受到了不仁不义的感觉。此刻，纵使他有万种关心和千般的爱，在母亲和青青备受摧残的情况下都显得非常苍白。

康泽听着母亲不停地说着这些日子里接到的电话和接待的上访催收，听着青青时不时地诉说。康泽内心极度沉重，他愤愤地咒骂着催收的人。他恨不得他在北京，让他去面对这些人，他对母亲说对不起，对青青说他不忍心让他的老婆承受这些。

屋内的气氛逐渐归静，毕竟康泽回家了，青青盼了许久的爱人回家了。她也不想让她的丈夫陷入深深的自责，加上马上就过年了，青青调整了家里的气氛，告诉大家好好享受眼前的美好时光。

对于青青来讲，幸福就是没有骚扰电话，可以不用想还款的事情，可以像每一个正常人一样过正常的生活，这是她每天期盼的幸福生活。中国人无论多大的事情在春节面前都是小事，随着春节的临近，果然催收电话少了很多，加之青青放假，康泽回京，青青打定了主意不看电话，打也不接，彻底进入过节的状态。她坚信催收人员一定也是回家了的。想到这里，她突然想到，其实催收也仅仅是那些说话恶狠狠的那些人的一份工作而已，他们每天一定是面对不同的人，催不同的款。想到这些，她不免为自己看到催收电话的认真劲儿感到好笑，真是太认真了。

过年是个大节，青青还是稍微准备了点年货，买了瓜子、花生、糖果、水果、肉类、蔬菜，还买了包饺子的食材，这个年就算是可以安安稳稳地度过了。

青青是北方人，她用北方的年俗来纪念这个自从有了孩子之后在北京过的第一个春节，她想用包饺子的这个活动把家里的气氛带入春节的轨道上。她还去市场上买了对联和窗花，把屋里装

扮了一番。青青是个小有仪式感的女人，她要把自己的日子在现有的情况下过得尽量快乐些。

康泽从广西归来，没有带回工资，却带回一对情侣表。他说老板本应该给他发工资的，但因为项目资金还未到位，就先送两块瑞士名表给他算是工资，折算下来也是两万元人民币。

看着康泽期盼的眼神，青青笑笑，收下表。她知道康泽也无奈，并不是他不想赚钱，主要是老板拿不出钱，他也没有办法。

青青在回家签卖房协议的时候见过那位范总，也是仪表堂堂的老板，略带文气，谈吐之间气宇轩昂。看起来是可以成就大事的人，并且把与政府签署的合同都出示给青青看了的，这可没有假，只是现在市长被调查，新市长未定，但是政府签的约总该要算数的。就这样，范总等着，康泽也一起等着。业务没有启动，工资没法发，发两块表，也算数吧，总归没有白干。毕竟现在康泽信用卡欠一大堆，根本不敢用身份证，找个老乡若能一起做事情那自然更好。等到政府班子一定，项目一启动，康泽年薪五十万就指日可待了，到时候说不定老板可以预支工资给他，那样青青就一点点还着，就可以不用承受那些非人的待遇了。

想到这些，青青有信心了。没有了电话的骚扰，青青的这个春节过得特别舒适，她专门提前给女儿的湿疹药膏里加了带激素的药，好让孩子在春节期间的脸蛋也软绵绵的，大家一起过个好节。

第二十一章　过年了

大年初一，青青给孩子穿好红色小唐装，带好小地主帽，刚刚半岁的果果斜靠在沙发上，看起来像是会坐了。青青开始给果果拍照，发到家庭的微信群里。父亲、母亲看到了，纷纷在夸赞果果能干。青青又发果果的照片给亲戚们拜年，亲戚们纷纷发过表情大赞。这让青青感受到了些许年味，就此拉开了春节的序幕。

小区的秧歌队活动很有年味，青青赶紧叫着康泽，抱着女儿，跟着秧歌、社火队伍看热闹。康泽真是心大，完全沉浸在春节的气氛中，抱着女儿跟着队伍窜来窜去，青青看到这一幕，她恍然感悟：此刻的生活是如此地平凡，但却如此幸福！

她多么希望她的生活就这样啊，有爱人相依，孩子相伴，没有催收，没有骚扰，没有谩骂，一家人就这么平平淡淡、安安稳稳地过着小日子。儿时的梦想与现在的生活相差太遥远，现在青青只期盼能够过上一个一般职场人士的生活，不奢望高薪厚禄，不奢望有什么职务，她觉得只要有个月薪五千元的工作就可以了。在北京，五千的工资虽然不高，但即使是月薪五千那也是挣了五千。而不是像现在这样，每个月发多少都跟自己没关系，而且每天要面对还不完的款。此刻青青只想要个正常的生活，什么房子，车子，那些都是生活中多余的，只要有份工作，不欠债，

就是她心目中的幸福生活。

看着康泽舞得投入，女儿咯咯地笑着，青青的眼角湿润了，多么和谐的一幕啊，在常人家里如此正常的一天，在她的生活中却是如此奢侈。要知道，青青已经许久没有这么轻松过了。

没有未接电话，没有负罪感，没有人催收，没有人揭伤疤。每天在家里看电视，吃饭，聊天，照顾孩子，多么惬意的生活。

看着康泽抱着孩子高兴的劲儿，青青也备受感染，这种感觉与往日被催收的苦难日子形成了巨大的反差，此刻的幸福是青青消失了很久的，那久违的幸福感涌上心头，直戳心窝。

日子能否停留在此刻?

浓浓的年味，淡淡的相守。

青青想把“年”留住，留在这没有烦恼的日子里，留在没有谩骂、没有恶毒人性的世界里，留在有爱人相伴的日子里。

想着这些，青青知道这只是内心的一种期盼。幸福在眼前，她要投入其中，深情地去感受这得之不易的幸福感。索性，她也抓紧时间凑近了康泽与社火队伍，感受年味。

果果学会坐立和这场社火表演，是这个新年中让青青最值得高兴的事情，也是她对这个新年记忆最深刻的事情了。

第二十二章　节后开工

青青大年初九上班，电话从年初八就开始响了起来。看到电话，全家人的情绪骤然被拉回到了春节之前，看来痛苦的日子又要来了，躲是躲不掉的。虽然不接电话，但是却无法掩盖身负债务的状况。康泽的母亲吃过中午饭就开始叮嘱康泽立马启程，康泽看到家里的情况，捶胸顿足，但一时也解决不了任何问题。只好联系范总，确定具体的启程时间，最终定在了年初十出发。

年初九青青上班第一天，这一天的电话比春节之前少多了，她想可能有的催收人员还没到位，或者是催收的员工还没进入工作状态。这一天青青一个电话都没有接，她不想接，她想让节日的气氛保留得再久一些，所以这一天她没有任何不接电话的负罪感。年后的工作非常忙碌，几个项目需要她去对接，几个招投标文件也需要她去确定。

回到家中，一家人还是其乐融融地度过了晚餐时光，家里也接到过一个电话，但并不太影响大家的情绪，似乎刚过完春节，催收人员的情绪也是好的，并没有太多的恶语相加。

第二天，青青去上班了，康泽也出发了。青青纵有万般不舍也得放手让康泽去拼、去搏。

她相信，康泽能够为他们的小家庭搏出美好的未来。

她坚信。

康泽还是坐了硬座，坐了一天一夜，到了广西，范总已经就位。康泽开始张罗着做公司的组织架构和市场营销的规划，每天他与范总，吃在一起，住在一起，时不时地范总还给他打打气。

青青在继续上班，工作逐渐忙碌了起来，春天各类会议多，事务也诸多。中央的两会开完，各个项目也都资金到位，项目的招投标工作开始了，青青比以往更忙碌了，开始准备各种文档，项目书及谈判事宜。每天工作、吸奶及催收电话依然围绕着她的生活，每天都要接催收电话，心情自然好不到哪里去，但是过了个春节，全家商量完对策，直面过现状之后，她比前两个月坦然了许多，只是现在逾期都过了连续三个月，银行和贷款公司都催促得越发紧了。连三累六要记入银行的黑名单，各个银行的人都在给她说，只是巧妇难为无米之炊，她也没有办法。

自从二月份开始，青青就可以发整月的工资了，之前产假的报销也在一上班的时候就提交了过去，青青急切地等待着发放，她休产假期间的几笔之前就联系好的业务，也该发提成了，她等着，算着。每过几天她就算一次，她得看看这些钱先还哪家，该怎么还。

“对了，康泽那边是不是也该发工资了，这走了也有些日子了。”青青心里盘算着。

她问康泽，康泽难为情地说：“范总那边政府让再交五百万，说之前谈的价格太低，新任政府官员评估之后认为是国有资产流失，必须补齐市场价才行。这五百万现金限时缴纳，过期不候。范总现在正在想办法疏通呢，疏通好了就开始，如果不疏通这个项目可能就不好说了。”

青青一听，火冒三丈。这么紧急的情况，这么多债务要还，现在才冒出这么个情况，早干啥去了！

康泽劝青青先不要生气，说道："范总运作这个项目都三年了，政府文件都下来了，马上都快实施了，结果市长被调查，这事情就搁置了，人家范总都等了两三年了，你才等多久。人生不会总是一帆风顺的，你说范总是不是比我们更恼火。"

康泽的工资，一日两日的都没有着落，青青催着康泽，康泽等着范总。范总开始了融资，融资谈事的时候都是带着康泽。这期间，康泽见到了当地最大的房地产开发商，说两句话就站起来，又坐下，再说几句话又站起来，然后又坐下。为什么呢，因为这个韩总目前负债一个多亿，资金缺口还有好几个亿，在建设一个大的基地，范总认识他的儿子，让他儿子投资，他儿子就找来了韩总一起聊项目。看到韩总此番动作，大家纷纷询问起来，韩总才说道："我现在每天一睁开眼睛就几十万的银行利息，不着急不行，根本坐不住。"

康泽说："你看着韩总穿着随随便便，看起来就是个一般人，没想到生意做那么大，可他若不说，你更想不到他压力那么大。现在韩总正在想办法再贷款一两个亿呢，也正在想办法融资，他欠的比我们欠得多多了，我们这才多少啊。那些催收就欺负我们这些小户，好欺负，真正欠起几个亿的时候，银行都帮你想办法，该银行求你了。"

听到这些，青青的脑袋像是被打开了另外一个世界。这都是什么世道啊，像她这样老老实实、本本分分上班的人成了被催收关注的对象，欠起几个亿的反倒被银行尊为座上宾。康泽的欠款也不少，信用卡连一分钱都不还，这一个月了银行也没把他怎么着，虽然银行每次都说要采取措施，但是从来没有见到他们采取什么措施呢。这究竟是怎么回事？

青青想不通，可说到底，大老板韩总跟她并没有多少关系，

这种内心的感慨短暂地在心里停留即流逝，这种流逝是随着一个个催收电话自然而来的。

每天都面对着催收的骚扰，每天都重复地阐述着如何破产，如何没钱，如何借不到钱，如何不敢给孩子断奶，如何不敢丢工作，如何找不到康泽，如何之惨。

周一到周六，每天如此。日子过得太凄苦，春天虽然来了，但是青青的世界里依然是冬天。

第二十三章　父母接到催收电话

更加雪上加霜的是，青青接到了父亲的电话，父亲问她："刚刚有个北京的电话，是什么公司，说你欠了他们二千多块钱，说了半天，我也没听懂，怕是骗子吧。我就给你说一下。"

青青心里真不是个滋味啊，多么纯朴的父亲，一个典型的西北汉子，为人耿直、实在，就连说起催收的事情也是这么实在，还有点可爱。可就是这样的反差，越发让青青揪心地痛。

Y 公司，青青在信用卡和银行贷款都不还的情况下就保障他们的还款，就是为了让他们不去骚扰她的父母，对他们最仁至义尽，可这才逾期了一期他们竟然还是把电话打到了青青的父亲那。这个公司青青恨极了，这是个没有人性、极为龌龊的公司，青青再三强调母亲身体不好，知道了可能会加重病情，再三求情，并且保证只要一有钱就会立马还，可他们还是等不住，逾期一个月十几天就迫不及待地找她的父母了。

青青想到以后恐怕连 Y 公司的钱都保障不了了，这电话肯定还会打到家里的，Y 公司的行为打破了她最后的心理防线，她也不想再把仅有的那点工资没完没了地还给 Y 公司了，因为她需要还的比这更紧急的款多得是。于是青青长出一口气，慢慢地告诉父亲，那不是诈骗电话，是催收电话。父亲不明白催收电话是什么意思。

青青告诉父亲，就欠了一个多月，让父亲不要管，下个月会还的。

父亲一听有些着急地说："就三千多块，你欠了就赶紧给人还上，怎么还让人打电话到家里！"

没等父亲再询问，青青赶紧找了个借口把电话挂了。她哪能改变得了父亲说的不要让人打电话到家里的事情啊。她比谁都想让家里人对这个事情毫不知情。

挂了电话，青青心如刀割，她仅存的遮羞布就这样轻而易举地被Y公司残酷地揭开了。这以后怎么面对父母，若让母亲身体状况急剧下降怎么办。

青青茫然了，如果现在有瓶烈酒，她一定可以一口喝下。让烈酒燃烧这颗剧痛的心吧。

这一夜，青青含泪而睡，看着女儿天使般的微笑，她告诉自己要坚强。

第二天，电话依旧多，看到了熟悉的那个电话她接起来，冲着电话大喊："你们给我父母打什么电话，我之前不是给你们解释清楚了吗。钱不是还了吗，你们怎么还打我父母电话。你们有没有人性啊。"

"你欠钱你还有理了，你还的是上个月的，这个月的你还了吗？我就给你家人打电话，你还能怎么着。你不还，让你父母还，我没有说什么啊，我就是告诉他们你欠了三千多块钱，我已经很客气了，我又没有多说什么，你激动什么。"

青青气得快要崩溃，这帮畜生竟然说没说什么，没说什么父亲怎么会打来电话询问，没说什么父亲怎么会说赶紧给人把钱还了呢。真不知道这些人的心是怎么长的，怎么能如此不顾情面。

青青与对方在电话里吵了起来，对方大叫着："你若今天下午三点前处理不了，明天上午我就上你公司去堵你。”青青听到此处气急了，与对方在对骂中挂断了电话。

挂了电话她给康泽打电话，哭着给康泽说这两天Y公司的逼债情况，康泽一边着急，一边安慰着她，这种时刻除了无奈还是无奈。

康泽终究是没有发工资，范总也一直在等待，纵使康泽极其难为情地把自己目前的一些情况说给了范总，范总也只是在感叹青青的坚强及不易之后还是无法发出工资。青青等不住了，给康泽下了最后通牒，让他再等范总一周时间，如果还是不发工资，那就必须终止与范总的合作。康泽虽无奈，但也不得不同意她的方案，一周过后还是没有发工资，但是似乎范总又有了消息，范总去福建见投资商去了。康泽与青青商量，还是再等一等，万一这次范总回来有好消息呢。这次青青又是无奈，只能同意。

这种像救命稻草似的等待是极度煎熬的，时间过得很慢，日子过得很难。

第二天，在那么多未接电话中，依旧有Y公司的电话，青青没法解决也没法接电话。钱没有在那日下午三点前还上，青青不愿意失约，可这种无奈的境地她决定不了。还不了钱的事情影响着她的心情。

这么多电话，接了电话还不是与昨天一样，难道一天的时间她就能有钱吗，这些人动不动就三天之日还清，两天之内如何。青青又不是变魔术的，上哪去变这么多钱去。这个上午青青在忐忑中度过，因为她担心Y公司的人真的到公司来收账，她想了一万种情景，一个上午都是在心神不宁中度过的。到了中午，青青一直等到十二点多才去吃饭，看到公司前台空空如也，她纳闷了，到底催收来没来？也许没有来，否则就不会再打电话了吧。

这日子真是如履薄冰呀。

一天，青青刚吃完午饭，在公司楼下晒太阳，正准备给康泽打电话的时候，看见妈妈的电话呼入。她看着手机屏幕，愣了愣，不会是Y公司又给家里打电话了吧。怎么办，怎么给母亲说。

接通了电话，青青问候着母亲的身体，母亲说还好。然后立马问她Y公司说欠款的事情，青青知道母亲可不是那么好糊弄的，她不说清楚是不可能的。

于是，她告诉母亲："确实是欠了钱，现在可能暂时还不上，我让他们不要给你打电话，但是这帮家伙还是给你打电话了，足以见得这些人心地真不善良。妈，你不要放在心上，我和康泽会尽快还的，你们放心吧。"

母亲却不像父亲那般轻易地放下电话，母亲继续问道："你不是上班着呢吗，你贷款干什么？"

青青心中一紧，母亲的脑袋可是聪明得很，这事恐怕不那么好瞒。

"上次康泽做那个工程项目需要资金就借了些钱，结果现在项目迟迟不定，钱回不来，所以给拖着了，等过段时间回了款就好了。他们要是再打电话你就别接，你就说你管不着。"

"你说什么呢，这个电话这两天打好几次了，你爸接了也说不清，总说是骗子，我接了想看是怎么回事，怎么就听说你欠钱了。欠的也不多，你怎么不给人还了？"

"嗯，嗯，我有了就还，你就记住，他们再打你就别接了。我来处理就行。"

"你缺钱不缺，你要缺了，我给你还。"

"不用，不用！康泽在外面挣钱呢，发了工资就给还上，再说我这也发着工资呢。”

“怎么都成靠你的工资了，孩子那么小，家里难道不花钱?”

青青真想赶快挂了电话，母亲的洞悉能力太强，她都快要露馅了。

“妈，以后你再接到类似的电话你就别管，我和康泽会处理的啊。”

“你给人还了，他不就不打了么。”

青青无法给母亲说，因为她担心以后别家银行迟早也会打到家里。

“嗯，好，我有钱了优先还 Y 公司。”

“咋了，你难道还有别的地方的借款?”

坏了，青青着急表态，竟然说漏了嘴。但她很快转变过来。马上说：“哦，没啥，就是我那次有一天刷了一张信用卡。”

“那你能把生活顾得过来吗，能给人家还上吗? 你一天借钱都干啥嘛。早就说让康泽安安稳稳上个班多好，非要创业，现在创业都不好创，你看我给你发的马云那个微信了吗，得像那样才行。这些年，总听康泽在做项目，做了这么多年项目一个也没做成，真不知道他在干什么呢。”

“妈，你放心吧，他以前的项目都停了，都不做了，现在他在广西跟着一个老板，是他们老乡，做的是市政工程，项目下来了给他一年五十万，到时候这些钱都能还上了，这才几千块。”

“嗯，总听你说做这个大项目，做那个大项目，不如回来踏踏实实上个班呢，守着你和孩子。孩子那么小，康泽出去也不担心你吗?”

天下最关心女儿的终究还是自己的母亲，话题引到了家庭上，青青心里稍感轻松，顿时又为母亲的提示感慨。是啊，她是

个女人，孩子那么小，她当然希望丈夫在身边，希望家庭圆满，希望过正常人的生活。可现实总是那么残酷。

青青安慰好母亲挂了电话，陷入了一片深思中。

这个世界上最关心自己的人是谁?

曾经在恋爱的时候，青青觉得她在父母的家里是多余的。这个世界上似乎只有康泽才是把她捧在手里的人，所以她不顾家人的意见和反对，毅然执意要嫁给康泽，经过几年的坚持，家人终于同意了。青青依然觉得只有康泽才是最关心她的，而此刻，就在此刻，她感觉到了父母对自己的那种最原始的爱，在困难的时刻，母亲永远想到的是自己女儿的生活。她深深地体会到了父母的爱。

各类电话依然袭击着青青，尤其是这个月，春节过来的这个月，似乎大家都进入了工作状态，疯狂地攻击着她。

Y 公司已经变成了天天给青青的父亲打电话的状态，父亲接了电话说不了几句就气得要挂断电话，可是挂断了之后 Y 公司继续打，一直打，打到接为止，或者打到手机没电。

一个正常生活的人遇到电话响都会自然地接听，如果明知电话在呼入而又一直不接，那心里一定会不痛快的。何况青青父亲的电话是老年机，铃声大得像个大喇叭，一直响，青青父亲气不打一处来。父亲说不过催收人员，如果哪个催收再恶语相加，那更是气得大发脾气。

最后只能是看到北京的电话，就直接递给青青母亲，变成了母亲接这些电话。刚开始母亲接了电话也非常生气和激动，多是源于催收那带有刺激性的话语。

每天青青都提心吊胆地与母亲通话，了解母亲的情况，她生怕催收的话语刺激到母亲，导致母亲病情加重。那段时间青青的思想压力非常大，除了正常工作外，还要面对方方面面的银行催收，要回家带孩子，要照顾婆婆的情绪，还要担忧千里之外母亲的病情。生怕因为催收人员的恶言恶语和刺激性的语言伤害到母亲，还担忧因为她的事情受到打击，一病不起。总之，那段日子青青万般愧疚，万般无地自容，仍然万般无奈。只能每天打电话问候母亲的身体，安慰母亲，劝解母亲不要担心。可天下哪里有不担心孩子的父母呢，青青的母亲那些日子每个晚上都难以入眠，她在想女儿现在到底过的是什么日子，女婿为什么不鼎力相助。面对青青的现状，母亲有很多的想不通，失眠总是伴随着黑夜。越是这样，青青越是感觉到自己的无能和渺小，深深地感到了自己的不孝。

青青自责，更无法释怀，她了解母亲，母亲一定是在一个又一个失眠的夜晚，想着各种各样她的生活情景，母亲肯定在胡思乱想。青青觉得自己不孝，在与 Y 公司沟通的过程中，已经变成了对骂，她恨这家公司的每个人，简直都不是人，专门去逼她的母亲还钱，还说要去她的家里要债，这让母亲着急了，母亲可丢不起这个人呀，街坊邻居如果都知道了可咋办，这个家庭曾经走出过两个大学生，而且都在北京，十里八乡都闻名，青青的父母也引以为傲，如果真来一帮人把这欠钱的事情说出去，父母的颜面简直无法存放，丢不起这个人啊。

青青从小到大都是个凡事为别人着想、极其乖巧、极其孝顺的女孩。眼下的日子，过得连累到了父母，无疑是给父母增添了许多忧伤和压力。

为了不让 Y 公司骚扰母亲，青青一发工资就赶快还给 Y 公司。看到了还款，Y 公司便消停几日。可过不了半个月又到了一个还款周期，青青还没发工资，Y 公司又开始了催收。这次又换了另外一个人，以前说的一切信息归零，又开始重新揭开伤疤说惨

状。然后对方看收不到钱立马又一个电话打到父亲那边。母亲又接到了电话，母亲感觉到奇怪地问对方："不是还了吗，怎么还打电话。"对方解释道："还的是上个月的，这月又逾期了。"母亲这下明白了，原来不只是欠了三千多，而是每个月都欠三千多。母亲为青青感到局促了，她心想女儿每个月就那些工资，交了房租，再还了 Y 公司的贷款，那生活怎么办，孩子花钱又怎么办？想到这些母亲开始正视 Y 公司的催收了，母亲也转换了看法，并且在与催收的沟通中发生了很多有意思的事情。

母亲说："这个女的比上一个能说，但是她再能说我也把她说的不知道该说啥。"

母亲叙述道："那个女的说，祝青青是你女儿吗？"

"是啊，怎么了。"

"你女儿在外面干什么你知道吗？"

"知道啊，怎么了。"

"你女儿在外面诈骗你知道吗？"

"你怎么这么说话呢，你怎么能随便说人诈骗呢？她诈骗你什么了？你有没有文化？你会说话吗？"

母亲听到诈骗感觉非常气愤，老一辈的人都是老老实实地过了一辈子，教育子女也都是诚信做人，这突然有个电话过来就说自己女儿诈骗，青青的母亲非常生气，完全接受不了。

可催收人员一直是颐指气使惯了，她们的嘴里经常说狠毒的话，这次还没怎么说就被人教育一顿，催收的姑娘急了。她们仗着自己代表的是债权人的地位肆意地发泄自己的情绪。

"我怎么不会说话，我不会说话也不会在外面借了钱不还。你女儿有文化呀，但她却借钱不还！"

"不是给你们还了吗？她现在也没有钱，你让她怎么还。"

“她没有钱，你们帮她还呀。还了我们就不打电话了，要不然我天天打，打到你还为止！”

“她借的钱，怎么要我还。你们当初不会不要给她借钱，谁叫你借呢？你觉得她还不上就别借不就没事了吗？审核资料严格一些不就好了吗？用得着你现在再天天打电话吗？你天天打，我就天天接，没事，你想打就打，我接。反正我现在闲着呢。”

“我半夜十二点给你打！”催收气鼓鼓地喊到。

“有本事你就打。你不好好找个工作干，天天没事打电话到别人家催这钱，催那钱，有话不好好说动不动就诈骗诈骗的。你知不知道诈骗什么意思！没学好回去再重新上学去……”母亲说得对方干着急插不上嘴，最后气气地挂了电话。

接完电话母亲给青青打电话，把如何治理催收的嚣张气焰告诉了她，惹得青青抱着肚子大笑。青青听着，一边流泪一边心酸，母亲在这场债务催收中都磨出经验了，不再像刚接到电话那般惊恐、那般慌乱、那般忧虑、那般焦急了，在这个过程中母亲面对催收电话更理性了。青青既高兴又酸楚，高兴的是面对母亲不用再担心和忐忑了，酸楚的是，母亲的坦然面对是经历了多少个催收电话的锤炼呀。作为女儿还没让父母享上自己的福，却先让父母跟着自己遭了这些罪。

青青很自责！

这种自责的产生，伴随着一股隐隐的力量。

从那以后，青青在母亲这里找到了欣慰的源泉。有的时候她接了催收的电话很烦恼，但与母亲一沟通，母亲还会说出一些对策。这让青青感到很欣慰，母亲依然会失眠，会焦虑，会难过，但是不再像起初那么惊慌了。

第二十四章　户口所在地的信

有一天母亲打电话给青青，说一个小学生带回来两封律师函，是N银行和另外一家公司的。N银行上面写着欠款五千多元，另外一封上面写着欠一千多元，都写着逾期不还将如何如何的法律条款。

青青又一次感觉到了无地自容，想到后面还会有更多的律师函将邮寄到她的户口所在地。想到这里她的心在下坠，这种心情是沉重的，也是疼痛后就转为麻木的，这些都是她在北京的生活现状，现在终于转移到了家乡。

青青感受到了母亲那端锥心般的疼痛，母亲问她："到底欠了多少，上次三千多，这次五千多，还有一千多，这如果每个月都还，你怎么能还得起?"青青当然还不起，她无法说出的是，这只是其中的一小部分，北京的律师函更多，每周家里和单位都会收到好几封。有的时候她连续几日外出，回到公司就会看到办公桌上放着几封信，律师函三个大大的字就那么摆放在桌子上，她的名字也赫赫地显示在信封上。青青看到信件的第一时间就赶快把它们收起来，生怕同事看到，可回头又一想，她不在的这两天怕是过来过去的同事早就看到了。每每想到这里，她就感到脸上火辣辣的，似乎周围全是关注她的眼神，心中急促而不安。拆开一看，果然都是催款的信。苍天呀，真是无奈。

青青当然能理解母亲的心情，律师函跟法院总是有着关系。母亲紧张她，生怕她因为这件事情有牢狱之灾。她告诉母亲，这其实也是银行工作的一种方式，是一种催收方式，银行应该还是希望欠钱的人还钱，而不是进监狱。

母亲说："那你给他们说别往家里寄这些，都是别人给带回来的，有时候如果家里没有人，带信的人就塞到这家，塞到那家的，等我和你爸回来了，接到信的那家邻居再给我们送过来，那个时候拿到这封信，脸上火辣辣的，丢人得很哪。要是直接给到我们手里还好，我们不在家给到别人手里，别人都问怎么了。今天这个就是撒个谎告诉人家没事，然后赶紧就进屋去，真是恨不得找个缝钻进去。"

听到这些，青青的心犹如被刀一下一下地割着，疼痛让她感觉整个胸腔都在变大，疼痛感蔓延到后背、肩膀，最终感觉不到心的存在。

走在路上，空洞的双眼直直地看着前方。脚，一步一步地在前行，要去向何方，青青不知道。此刻仿佛整个世界都是虚幻的，对面走来的人在她眼里似乎仅是一个生物，只是进行着一个行走的动作。汽车的鸣笛声，来往的嘈杂声，都是虚幻的，此时此刻世界上所有的人及所有事务在她眼里都是虚幻的。仿佛这个世界上只有两个介质，一个是青青，另外一个是青青以外。思维停滞，内心痛到异常的平静。她多么希望世界就这样，永远如此。她不奢望这个世界上还有快乐，她只期盼不要再有痛苦。若能如此安静地度过一生，那将是她此刻所期盼的极大幸福。

然而幸福总是在人们的幻想之中，哭过，痛过，还是要面对现实，面对父母的难堪。青青痛心，但她一时解决不了本质问题。

母亲让她给那些银行打个招呼，别再往家里寄信了。青青开始接那些银行的催收电话，说明情况，告诉对方一定还款，非常客气，几近哀求地请对方不要再往户籍地发律师函了。

N银行答应尽量控制，但别的地方则直接说明每次的律师函都是把借款人留下的所有联系地址都通发一遍，以保障借款人能收到律师函。说得很明白，也很直接，就是要围堵借款人，在发律师函几次之后若还不还款，那他们可以直接起诉，因为发律师函是上法庭的第一步，这是程序，省不得，他们要保持追回债务的绝对控制权。

青青只好把情况给母亲说明，因为发不发函件，她控制不了，而且当那些催收公司知道青青怕家里收到律师函后还专门往父母家里发，为的就是让她从压迫感和羞辱感中早日还钱。方式虽然让青青的父母一时难以接受，但是一时又别无他法。

有一次，青青的小哥回到父母家中，看到一张纸，随手拿起来一看，N银行欠款五千多元。小哥无奈地笑着问道："怎么连五千都还不起呢，还至于让人家发这个到家里呀。"母亲帮青青打着圆场，装作无所谓地说道："谁能知道康泽和青青怎么弄的呢，可能这个月紧了点吧。"

事后青青也接到了小哥的电话，问她近况怎么样，工作怎么样，各方面如何。小哥的电话中始终没有提律师函的事情，青青知道这是小哥在给她留面子，青青也知道小哥这个电话是想问她需不需要钱，可小哥更知道她是非常顾及尊严的人，只能通过侧面的聊天来了解她的状况。青青汇报一切稳步进行，让哥哥不必挂念。听到这些，小哥还想说什么，可最后还是忍住了。

挂了小哥的电话青青感到一丝略带心酸的幸福。心酸是因为她离开家乡十几年到首都北京闯荡，最后却需要留在家里的哥哥来帮衬，幸福是因为她感受到了在自己困难时刻来自亲人的那份无私的关爱。

北京这边，大家进入工作状态都很快，在春节放假回来后很多地方似乎都跟通了气一样，电话都打到了青青的老家，除了父亲母亲的电话，村里会计的电话也是打到无休止，村会计催青青的父母让赶紧给还钱，让不要再给他打电话了。

村会计说："咋弄的嘛，有的时候工作都没法进行，整天就接你女儿的电话了……"

父母被说到脸上无光，只好诺诺应答。父母在与青青聊天的时候也是尽量轻描淡写，父母越是这样，青青越是自责，她恨自己，恨康泽。没过几天，镇派出所打来电话给青青的父亲，问青青是不是在北京等等，倒是没有说太多话，但是却也惊动了派出所。派出所告诉青青的父亲深圳那边给他们发函说关于青青的事情，以为她出了什么事情，然后说既然青青人没事就行。律师函和电话催缴之类的事情派出所没有再提，想必派出所也是接到过各种电话，大概知道这是银行的一种催收方式。在处理青青这件事情上，派出所还是火眼金睛的，向父亲了解完情况后便对那些电话没再理会了。青青在心里感激着家乡的派出所。

还有她家乡的另外一个政府部门"经管办"也接到她的欠款通知，这次是T银行的催收。当时那个催收女孩给青青打电话让她两天之内一次性还五万元，青青上哪里去找五万块呢，她告诉对方没有。然后，没过几天就接到了家里的电话，说镇上有人找她，留了个座机电话，让她给镇上的人回个电话。这着实吓坏了青青，怎么这么大的动静？青青丝毫不敢怠慢赶紧回过电话，一问才知道原因。原来是那个女孩找到了"经管办"的电话，苦苦地诉说了青青在外面欠了钱，但是联系不到人等一系列内

容，想请“经管办”的人帮忙通知青青的家属。整个通话的感觉就是那位女孩所代表的一方处境似乎非常弱势，让人不得不帮她。最后，那位政府部门的工作人员就很认真地拿起电话给青青的父亲打了两次电话，可恰巧就这两次青青的父亲都没有接到。那位政府的工作人员就打到了青青的叔叔那里，叔叔听到电话中说事情着急，于是他便焦急地把电话内容转述给了青青的父亲，让青青赶紧回电话。这下家族内部的人知道了，父亲感到无比窘迫，满城风雨地都知道他那个考上大学在北京上班的女儿欠了人钱不还。曾经让他骄傲数年的资本仿佛一夜之间被抹黑，颜面扫地，而且扫得干干净净。

与此同时，催收们在北京也没闲着，催收力度远远大于春节之前。信用卡中以M银行为代表的各家银行都在对青青进行狂轰滥炸，康泽关了手机，他的催收电话则是被青青或他的母亲接到。

每天晚上回到家，康泽的母亲第一件事情都是着急地走过来，告诉青青，今天接到了M银行的电话，还是N银行或者是T等别的银行的电话。然后问青青该怎么办，有的电话青青接到了，就告诉她怎么应对，有的没有接到的，两人就互换下信息。

家里家外，北京及故乡，每天都淹没在被催款的氛围中。

青青难以接受这些，内心真是难以承受。她是个孝顺的女儿，可现在却给家里带来这么大的劫难，给父母不但没有带来荣耀反而带来的是羞辱。她内心的痛苦无人能知，康泽也无法感受。她只好催促康泽赶快赚钱，还钱才是解决一切问题的正道。

第二十五章　卖房还债

了解到广西那边依然没有太大进展，青青果断告诉康泽，既然没有进展就赶紧回北京，回到北京至少还可以帮忙带孩子，她至少可以轻松一点。几番沟通后，在青青的再三逼迫和强烈要求下，康泽返回了北京。

回到北京，康泽的手机刚打开便接到了一个电话，是 M 银行的电话。银行告诉康泽，他在 M 银行的欠款已经达到了十四万多元，并且连续几个月没有还款，按照现在这个数额已经可以判刑了，限他几天之内还清，否则就报案，让派出所直接去抓人。康泽知道自己的欠款情况，但他没想到刚刚到家就要面临这么紧迫的追款。M 银行的这个欠款追得特别紧，每次电话都打得特别严厉和紧急。按照这个情况再进行下去日子简直没法过了。康泽每天都在焦急，但是却也没有办法。青青试探性地问康泽："现在都这个情况了，家里的房子还不卖吗?"

康泽苦恼地说："这个房子是爸爸留给妈的，不是我的，我没法说。"

"你看现在都这个情况了，妈每天也都接那么多电话，而且 M 银行已经开始动不动就说抓人了，你说怎么办，你自己看吧。"

青青只提过这么一次康泽老家房子的事情。

当天晚上，康泽硬着头皮给他母亲商量卖房子的事情。

果然，康泽的母亲听后大发脾气，大骂康泽，说康泽要撬她的棺材本，要让她居无定所，连老本都要卖掉，简直是不孝……

一个晚上都是康泽母亲的数落声，康泽很无奈也很痛苦。他几近崩溃地向母亲承诺以后一定把房子给买回来，不会让母亲没有房子的，现在情况紧急，希望母亲解救他一次。

说归说，骂归骂，儿子毕竟是亲生的，该管还是要管的。最终，康泽的母亲极其不情愿地答应了他卖老家房子的请求，这套房子早在几年前就办过贷款，也是康泽用来创业了，虽然地理位置非常不错，但是卖完的钱除了还之前的贷款和 M 银行的欠款外几乎无剩。

这边商量好了卖房子的事情后，康泽立马动身，前往老家卖房，并与 M 银行保持沟通，说了个二十天的期限，等卖了房子还款。

康泽走了，又留下青青苦守北京。电话依然催命一样地催。

此时，正值北京的春天，女儿果果七个多月。青青依然母乳喂养，那一天，她看着怀抱中的女儿，看着距离她一米的窗户，她边掉着眼泪边想："如果不是有宝宝，这种日子还有什么过头，推开窗口跳下去算了。跳下去就不会再有人无休止地催款，就不再会有烦恼。"不看着孩子的时候，青青在想跳下去吧，看着孩子的时候，她就告诉自己还是坚强地活下去吧。孩子这么小，若是走了，孩子该怎么办。这是她从小到大第一次有轻生的念头。看着那扇窗户，第一次觉得窗户的作用是：推开，跳下去，完结生命，结束痛苦。

康泽在老家卖房子，依然有不顺利，一周过去了还没有卖出去，因为是着急卖房，价格要得并不高，总价四十二万元，其中贷款二十万，剩下二十二万。青青和婆婆在北京焦急地等待，每天恨不得打八个电话过去询问最新情况。她们告诉康泽多挂几个中介公司把房子多推一推，信息暴露得多了不就能很快卖出去了嘛。每次说到这里康泽都急躁地说："我知道！我知道！"

两周过去了，房子还没有卖出去。北京这边各大银行催得急促，青青的老家也是不得安宁，每一天都是在煎熬，可现在唯一能变现的房子却迟迟卖不掉。这事让人生气，也窝火。

律师函依然每周都有，发往北京和青青的老家。青青的母亲痛定思痛，告诉她："孩子还小，你要照顾好自己的身体，钱让康泽去挣去。"

青青每次挂了母亲的电话都是泪流满面，母亲身体不好，还要为她承担这么多，而且这些钱都是康泽用了的，想到这里她悔不当初。如果再让她重新选择一次，她一定不会傻到用自己的名义去贷款、去刷信用卡。青青第一次认识到了一个人在社会上的法律意义，如果这些全是康泽的贷款，那她的老家是一点儿音信都不会有的。那样父母就可以安宁地过晚年。现在，就因为债务人是她，法律上就只认她，催收就只找与她关系最近的人。这就拖累了父母和家人。

北京这边，婆婆因为这接二连三的打击，脸色都变黑了，强打起精神来面对。婆婆晚上依然不想吃太多东西，晚餐凑合一吃，两人就开始琢磨康泽在老家的情况。对康泽有声讨、有抱怨、有期望、有无奈。只盼着他早日携款归来。

可就在他房子刚商谈好，手续还没走完的时候，M 银行又开始了最无情的催收。时间仅有几天，M 银行的人说案子已经到派出所了，并且告诉康泽一个手机号码，说是北京市西城区某派出所民警的电话。康泽把电话号码给青青，让她打过去问一下，有必要的时候过去一趟看情况是否属实。青青找了个安静的地方拨

过去，听到了对方镇定且带有北京口音的讲话，说了关于信用卡刑法立法的几条内容，很是专业，也很淡定。青青一听，觉得必是派出所了，其实即使不是派出所，银行确实也可以随时报案让派出所的民警过去抓人的。时间紧迫，青青赶紧回家与婆婆商量。钱虽然马上快到了，但是却赶不上银行给的收款期限。康泽的款要滞后十天左右，就这十天真是难坏了在北京的她和婆婆。

康泽询问婆婆，看家里的亲戚能不能先拆借一下。等房子卖了，钱到位立马就还。婆婆考虑再三，虽说觉得很丢人，但是看到康泽的实际情况，还是答应问姊妹借一次。十几万，也不是个小数目，这钱怎么借，以什么理由借，青青与婆婆在家里商量了半晚。青青建议另起名目，简单说明即可，但婆婆坚持以真面目示人。婆婆认为把康泽现在被银行逼迫的紧急性告诉亲戚，亲戚一定会更加着急地全心全意地帮助她。于是，婆婆当天晚上就拿起电话给亲妹妹打电话，电话中说到借款的原因，婆婆声泪俱下，详细地把北京这边多少银行电话催收，多少银行上门催收都说了出去，还告诉了妹妹康泽回去卖房子，也告诉了妹妹 M 银行催款时间的紧迫性。说完了，也哭完了，婆婆最后告诉妹妹："等房子卖了立马就还这个钱，房子卖了有二十万，你先借给我十七万。房子的钱一下来就还你。"

除了康泽的十四万多紧急要还，其他地方也在催促，所以只有借到十七万才能抚平眼下的事。

康泽的姨妈，婆婆的妹妹，动容地听着婆婆的诉说。表示同情，也很难受，她告诉姐姐马上让人把投资的钱给取出来，有十三万，她媳妇还可以给借四万，第二天就转过来。

婆婆感激地擦了眼泪，对着电话一个劲儿地说着感谢的话。青青和婆婆心里的石头落地了，总算有个着落了。"把这个还了，让康泽远走高飞再赶快去别的地方赚钱吧，如果康泽被扣住了，那钱谁还呀。”婆婆这样说，青青也这样想。

可谁能想到，傍晚答应借钱的康泽姨妈，在晚上九点多的时候打来电话说钱没法借了，说儿子要买房，钱没法借，儿子不让借。

青青看到婆婆举着电话从坐着的沙发上下来，半蹲在客厅的垫子上，苦苦地哀求着她的妹妹，每一次哀求身子就向前倾斜一次，并且哭着说道：“妹妹就算我求求你，这个钱过几天就能还给你，你就帮康泽渡过这个难关吧，你就这么一个外甥，你就帮帮他吧，我求求你了。如果你在我面前，我给你跪下都行。”说着婆婆已经单膝落地……

婆婆的苦苦哀求并没有让康泽的姨妈改变心意，婆婆感到痛心和悲哀。大哭不止，青青也感到不可思议，因为她知道婆婆的几个姐妹以前受过康泽家许多照顾，都是不计回报的帮助。可现在康泽有难，仅仅是拆借几日的钱都借不出来。

青青为自己家庭的境况感到悲哀，为自己的境况感到无奈。婆媳俩人哭过之后，青青极力地劝着婆婆。这个打击对婆婆来说太大了，婆婆说以后再也不跟妹妹来往了，以前给过妹妹那么多帮助，现在怎么能这样绝情，婆婆想不通。

青青安慰了婆婆，告诉婆婆这也正常，毕竟数额太大，人家担心还不上也是正常的。婆婆慢慢地恢复情绪，此时已经是晚上十点多，婆婆告诉青青，让她再试一次，让青青亲自给康泽的姨妈打个电话，告诉姨妈钱是可以还上的，免去她的担忧，然后再问问钱可不可以借用一下。

青青拨通康泽姨妈的电话，说了大概的情况，电话那端的姨妈隐隐在流泪，没有说任何话，任凭她说再多的话，做再多的解

释和保证就是没有一句话说出，只能听到隐约的哭泣声。青青从方方面面阐述钱可以很快还上，康泽的姨妈就是不语，说到最后，康泽姨妈索性挂断了电话。

电话中万般保证，千般承诺都无法让康泽的姨妈改变主意。

结束了通话，青青的身体及心都是无力的。

每次说起自己和康泽的现状，在说完之后她的心都如被掏空一般，空洞、无力。

M 银行又在催款，婆婆无奈，举起电话给自己的兄弟打过去寻求帮助，没想到兄弟推出了自己的媳妇，兄弟媳妇一句："我女儿马上生孩子要用钱，我们也没钱。"以此为理由拒绝了借钱。婆婆的心已经冷了，她知道弟弟和妹妹家里都是有钱的，她又一次深切地感受到了人情的冷漠和身处困境的悲哀。

婆婆无奈地擦干了眼泪再给另外一个妹妹打电话借钱，还好，借到了两万块。婆婆知道这两万是妹妹的一个情义，妹妹有实力借出更多，但是此时此刻，当所有人都知道康泽资金链断裂的时候，都选择了逃离和漠然。

这次婆家的钱没有借到，反倒伤害了婆婆姐妹之间的情谊，婆婆终日郁郁寡欢，想不通为何在自己有难的时候亲人都选择了远离而不是雪中送炭。婆婆说以后回去也不会原谅这几个人，分明是有钱的却连几日都不愿意借，想想以前对他们的好，婆婆说："真是觉得寒心。"

M 银行依然变着花样在催收，但当时的情况就是逼死康泽和青青也拿不出一分钱来，只能一日一日地挨。

在老家这边，康泽联系好了买家，安排好房屋过户相关手续后即刻返京。到了北京之后与 M 银行积极地沟通着还款的进度，在沟通的过程中知道现在负责他案子的催收人员是他的江西老乡，有了这层老乡的关系，似乎沟通少了炸药味，多了一些人情味。

最终这个钱还是用卖房子的钱还上的。

康泽的这个催收老乡特别关照他，给他做着一次又一次的延期申请，直到房子的钱下来，康泽一次性还上了 M 银行十四万多元的欠款，一分不少。催收老乡在康泽还上款之后还告诉康泽以后有事情找他，一副朝中有人的感觉。

这个钱还上了，派出所终究也没有来抓人。康泽，青青，康泽母亲悬着的心放了下来。

还剩余几万块钱，康泽把青青这边催的比较紧迫的几家银行各还了几千，手里的钱基本就又归零了。

一家人还没从惊险的感慨中回味过来的时候，又一家银行打过电话来催康泽还款。长时间联系不到人，这次好不容易打通康泽的电话，在电话里催收人员十八般武艺都用上了。各种威逼利诱，各种劝慰，各种苦口婆心，各种想方设法，最后使出了撒手锏，像兄弟商量事情一样与康泽商量“把原本欠款八万的信用卡做个滞纳金的减免”。减免之后只剩下六万多欠款，问康泽能不能一次性结清，如果可以结清则立马做减免申请，并且拍着胸脯说百分之九十没问题。听了对方这个话，康泽将信将疑，一家人一时没有反应过来。难道信用卡的这个钱还可以商量？难道还可以做减免？如果真这样，那刚刚还完的 M 银行岂不是被欺骗了？

康泽从心底里不愿意相信减免这个事情，因为 M 银行那么强逼自己还的钱是卖掉祖宅的钱，而且那个称是自己老乡的工作人员最后聊的像哥们一样，如果真可以减免，那他岂不是在欺骗康泽，十四万多呀，如果他帮助康泽申请滞纳金的减免，少说也可以减去好几万吧。而 M 银行在沟通的过程中还在不断地增加

账目，最后还的钱是以截至当时所产生的所有金额为准，一分钱都没有减少，并且在康泽去老家卖房子期间产生的滞纳金一并算上。想到这些，康泽觉得人心叵测，他面色如灰。虽不想去怀疑M银行，但社会经验告诉他，M银行的人一定有问题。

要验证是不是可以减免非常容易，康泽和青青各自接了几个电话，进一步询问对方如果一次性还款可不可以减免。对方几乎都很欣喜地以为他们要全额还款，并且都说可以做减免。了解完这个情况后康泽沉默，青青气愤，她让康泽给M银行的人打电话要求退款，这个挨天杀的家伙明知道康泽四面楚歌，并且是卖祖宅还款的还这么狠心，为了自己那点提成竟然可以这么泯灭人性。青青气得胸口闷胀，大骂这个不是人的家伙，康泽也破口大骂。他打电话过去，询问减免的情况，对方一听就开始支支吾吾，康泽问能不能退款，对方说他想想办法，结果再打电话过去就打不通了，这个狗东西在电话里采取了缓兵之计。康泽发短信、打电话再都不管用了。

气呀，恼呀，两人在屋里大骂，后悔。

现在康泽和青青才反应过来，之前的那个派出所的人怕也是假的吧。这些都八成是银行催收人员的一个配合，他们找个人充当一下派出所的人，把相关的法律条文说上几句，欠钱的人理亏，自然而然就被吓住了。原来如此！康泽和青青恍然大悟。虽然是结清了康泽的M银行，但付出的代价有些大。

银行还是天天催，康泽即刻再次南下，这次康泽去了成都。临走之前，康泽给青青交代，不要怕银行的催收，催收都是采用各种手段吓唬欠款人。青青回想M银行的手段，也对催收这个事情有了新的认识。

这次康泽去成都与工程界的朋友做一些大事情。据康泽说，这位老大哥带出的徒弟在各个项目上都非常出色，他们目前正在谈的是一个上亿的项目，据说是湖北的一个大老板投资那边要建设个熊猫基地。每天康泽的口里说的都是工程、预算、甲方、施工、进场。每次都说只要一进场就有钱花了，他说只要一进场，黄大哥就给他几百万的钻探的活先干，他转手一包就可以赚一笔。康泽说的很多内容青青都不懂，因为她从事的是 IT 领域，对工程一窍不通。但康泽说得多了她也听出了些门道，只要进场就证明开始开工了，只要开工就证明有工程队垫资做了，只要工程队一施工就可以先给他们一部分押金做流动资金。对于这笔流动资金，黄大哥早就做好了分配，说是可以让康泽先用其中一部分。所以康泽总是在电话里告诉青青“只要一进场就可以赚到二三十万块钱了”。

关于工程，青青听了那么久。在广西是工程，在成都还是工程，她每次听到康泽激情地描绘着，详细地汇报着项目的进展和每天见到的人。她不知道到底什么时候可以见到钱，她有时候还要千儿八百地救济康泽。是啊，不救济怎么办，工程没有进场，他们都是困难户，没有经济来源，没有收入，天天盼着进场，天天都不进场，眼里看着一个亿的项目，手里却颗粒无收。

第二十六章　李姐来了

康泽前脚刚去成都，婆婆后脚也赶回老家收拾屋子给新房主腾地方，婆婆联系了自己的妹妹希望她到北京代替自己带一个月的孩子，没想到妹妹以要外出为由巧妙地拒绝了她。最后思来想去，想到了康泽的一位远房表姐来带果果。表姐答应得很爽快，表姐来京一周后婆婆回家搬家腾屋子。

这时候果果将近八个月，康泽表姐姓李，青青直接称呼她李姐。李姐的到来给青青迎来了一束光亮。每天晚上回到家中，李姐都做了丰盛的晚餐，青青感到好幸福。晚上可以吃到这么美味的饭菜，青青幸福地要掉下眼泪。之前婆婆因为心情不好，晚上基本上就是粥和面条。时间长了，对于一个哺乳期的女人来讲真是对身体不好。现在李姐来了，每天晚上变着花样给她做美食，同样都是面条，李姐就能做出好几种吃法。李姐为人和善，性格开朗，特别大度。青青感受到与不同的人生活在一起呈现出的生活状况真是大不一样。有了李姐，青青在家的生活有了一些笑容。这么久的时间，终于感受到了一丝轻松的感觉。晚上到家没有催收，没有工作，有的是李姐不重样的美食，有的是李姐温柔的问候，真心的关切。青青能感受到李姐发自内心的爱护她，心疼她。她欣赏李姐，李姐在知道她和康泽的情况后主动给康泽母亲提出可以借两万元出来。李姐的义气和真诚感动着青青，青青感恩李姐。

李姐在北京的这一个月，青青的身体有所恢复。之所以说是恢复，那是因为在此之前的一天，她在公司接水的时候差点晕倒在公司，如果不是扶着饮水机，她必倒无疑。李姐得知这个情况，判断她一定是营养跟不上，所以李姐的每一餐都做得很用心，正是这份用心让青青感受到了许久未有的温馨。

这一个月因为有了那几万块房款的支持，催收的电话少了一些。有的地方还了几百块，催收的电话打过来语气也不像往常那样凛冽了。因为即使是几百块，但毕竟还是有进账的。这也是自逾期以来过得相对而言最从容的一个月，这个从容并不是说就没有催收电话了，而是之前逾期时间最长、催得最紧迫的银行和小额贷款公司的钱可以适当地还一点了，不再是之前的一分钱没有。其他分配不到的银行和小额贷款公司依旧每天打电话，这个月对青青而言只是催收电话减少了四分之一。可就这减少了四分之一的催收及李姐的乐观和照顾，让她感受到了那离开自己许久的幸福，内心如注入一股甘泉。

现在，青青眼中的幸福点很低，很低。如果什么时候能没有催收电话，这便是最大的幸福。可这样的日子只有在周日才有，过了周日，青青知道魔鬼般的日子又要来到，无处逃避，无处躲藏，从早到晚围绕着她。所以这个时期的周日仅仅是过得平静，没有威逼，没有骚扰，没有谩骂，没有上门催收。幸福依然距离得很远。

李姐就要回去了，青青与李姐在这一个月中产生了很好的感情，两人难舍难分。彼此都很认可对方的人生观和为人处事的理念。临行前，李姐告诉青青："我非常佩服你，你是个坚强的女人，是个好女人。"她为青青的抗压能力感到赞叹，欣赏青青面

对困难的顽强精神。最后还心疼地拉着青青的手告诉她：“债务要还，但是一定要把身体照顾好，千万不要因为这个事情把自己的身体累垮了。”

青青感受到了李姐的真诚，万般不舍地送别了李姐，千叮咛、万嘱咐地约好回康泽的老家一定去看望李姐。

第二十七章　婆婆返京

婆婆用了一个多月收拾房子，精简了家中的物品，把剩下的物品安放在一个新租住的小房子中，房子虽然卖了，可家中的物品不能全扔掉。于是，婆婆租了一个套间的屋子来安置物品，每个月四百元租金。也许是回家见了朋友，也许是回了老家心情好，此番婆婆返京，情绪好了很多，人精神了，也看得开了，对青青的关照比以往多了许多。每天的晚餐也效仿李姐开始用心地准备，虽然与李姐的晚餐有一些差距，但是较之前相比有很大的改观。青青看到婆婆的变化，内心感到慰藉。虽然康泽不在北京，但婆婆和婆婆的家人对她的认可及赞扬，让她感到再苦再累也值得了。

北京的春天很短，就在这个很短的春天，青青的家里发生了很大的变化。祖宅卖掉，相当于卖掉了根基。这个房子，其中一间是康泽与她的婚房。康泽是家中唯一的儿子，他的父母早就说要把这套房子留给他，青青告诉康泽把房子留给女儿，她希望女儿感受到家族世代在城市中心的那份荣耀和传承。可房子最终还是卖掉了，这卖掉的不仅仅是套房子，而是这个家庭内心的那份归属，那份根的感觉。

谁也不希望生活中出现这样的状况，可出现了就要积极面对，否则将是更难过的坎。康泽固执己见，一意孤行，项目亏损

却迟迟不停，导致事态发展到无法挽回的境地，逼迫家人不得不一次次走向贷款与借款的深渊。他用为家人搏得美好生活的美丽外衣延续着自己贪婪的创业梦，他的固执害了自己也害了家人。这是一种对父母、对妻儿的不负责任，也是人性极度自私的表现。青青无数次劝停，停不住，每次总有让她信服的理由，之后便是项目得以继续。这是康泽的优势，他思维敏捷且有三寸不烂之舌，有的时候青青在想:“这个世界上还有人能说得过康泽吗?”康泽想做的事情如果青青不同意，那将迎来生活中的不痛快，她只能一次次妥协。有的时候她在想：“为何现在的贷款这么容易？为何贷款渠道这么多？为何贷款的监管不能严格一些？如果严格审核那他们肯定贷不出来如此之多，如果贷不了这么多那肯定也不会被人这样催了，更不会出现这样难堪的日子了。”

一个月的周期过得很快，各家银行又开始了新一轮的催收。

痛定思痛，青青继续开始了艰难地前行，直面银行的催收。银行的催收力度与北京的气温一样，骤然上升。青青的工资用于给一家银行还贷款、交房租外再给每张信用卡各还三百，不要小看这三百，十张卡便是三千，每个月如此。青青保持着这样的还款，卖房款用完了的这个月又进入了这样的境况。

第二十八章　银行相逼

M 银行刚收完了康泽的钱，现在开始催收青青的款，虽然青青欠的是五万多，但也没法一次性还清，只能每次还几百块。M 银行像催命一样地逼迫青青，青青告诉对方刚给康泽还了 M 银行的钱，现在没有钱。但对方却说："康泽的钱与你没有关系，我们现在看的是你的案子，信用卡都是看个人的，不属于夫妻共同债务。既然你老公的钱都还了，那你更应该还了。一次性能还十几万证明你们还是有实力的，你看你这些钱什么时候能还清？"

青青简直气得要吐血，心想，既然 M 银行可以看到康泽刚刚还了款，为什么还这么苦苦相逼。而且在春节的时候她就已经向 M 银行详细地说明了自己家的情况，怎么现在还是这样毫无人性地逼迫。青青把家里的情况一五一十地、清清楚楚地告诉了 M 银行，希望 M 银行看在这个家庭刚刚给他们还过款的情况下能够综合考虑让她缓一缓。但是 M 银行的人一点也不松口，冷冰冰、硬邦邦地回应着她的诉说，对她家庭的遭遇没有一点儿同情，三句话不离开让她想办法还款，她说得再多也无济于事。青青说上个月刚刚还过，银行的人则说上个月不是他负责。并且明确地告诉青青，上个月是上个月，这个月是这个月，只要她一天没有还清欠款，他们就一天不停止催收。M 银行每一天都给青青打电话，从法律角度到工作角度，从对子女影响的角度到以后贷

款的角度，凡是能想到的都说到了，青青已经听得太多了，每一天，每个银行的催收都会说那些，最终的宗旨就是要让她还钱。每天面对多家催缴，青青体会到了巧妇难为无米之炊的境地。在众多催收之中，偶有某一家的工作人员稍显人性，在青青苦口婆心地讲述完现状后去劝慰她，然后那个月就再也没有打过电话了。每当这个时候，青青的感觉是终于遇到了个善良的好人，恨不得见面与对方交个知心朋友。可偏偏就 M 银行，这个毫无人性的银行，在催完了康泽之后紧急地催青青。

青青想不通，真的想不通，M 银行给她带来了极大的痛苦。从那个月开始，每一天 M 银行都要打来电话，如果青青不接电话，那将会打二十几个电话，如果打二十几个电话还不接，那就开始发短信，青青的手机接短信接到电量消失。充好电，打开手机一看一百二十条未读信息，红色的信息打开，内容都一样，都是 M 银行通知她欠款要结清的信息。看到这些，青青烦躁无比，捶胸顿足，闭着眼睛任凭眼泪从脸上默默地流下。她的心像被一根钢针从上而下刺入，刺痛与阵痛包围了她的心脏，心中的血在一点一滴地流。

“怎么办，苍天啊。请你告诉我，我该怎么办?”

“我可以逃避吗，我可以选择消失吗? 我可以不过这样的日子吗? 苍天啊，请救救我吧，我真的快要死了，我的身体仿佛飘在空中，我的灵魂已经与身体分离，我的眼泪已经无法诠释我的痛苦，我的心已经疼痛到像一块毫无知觉的石头。我像是被这个社会抛弃的人，我真的要被逼死了。”

“钱呢? 钱在哪里，我没有钱! 我要怎么办? 谁能来救救我!”

“我要每天吸奶三次，每天在公司上班，还要外出见客户，晚上照顾孩子，我仅有的那些工资怎么能够抵挡得住这几十家的追讨？苍天啊，你杀了我吧。给我一个痛快吧，这种日子我实在挺不住了，让我死了算了。”

“啊！啊!! 啊!!!”

青青难受至极，跑到公司楼下站在一块空地里迎着北京的春风大喊，她在发泄着心中的苦闷，发泄着心中的痛。

银行的催收让她感到痛苦，而M银行的催收让她感到绝望，他们总是毫无人性、毫不停息地逼迫着她。

周六青青在家带孩子，M银行的电话又来了。平时上班没法痛快地接听电话，这天青青鼓足了勇气接通了电话。

“喂！祝青青!”M银行高傲地、冷漠地开始了这通电话的开场白。

还未说话，青青的心情已经开始变坏。

“我是，你哪里?”

“我是M银行负责你欠款的工作人员。前几天我们通过话。”

“你好!”

“怎么样，钱凑够了吗？截止到今天你的欠款是五万三千多块。”

“我上次也跟您说过我目前的情况了，这个钱确实是没法凑。”

“祝青青，这是你欠银行的钱，不是欠我的钱。你现在说没有就没有，你当初花的时候怎么那么痛快呢。没本事还就不要借，借了钱该还就还。人要有做人的诚信，我限你三天之内还清欠款，否则我们会把案子移交给公安，让公安来处理你们这些欠钱不还的人！我看你还年轻，也是80后，你总不希望你这么年轻就进监狱吧。你还是尽快想办法吧，不要当无赖。”银行的人

扯着嗓门喊叫着。

“你们怎么一点儿人性都没有，我老公上个月才还了你们银行十几万，老家的房子都卖掉了，别的银行都没有还，就还你们M银行了，为什么你们还是这么逼我，我上次也给你们说过了，现在家里没有钱，那套房子本来就有贷款，卖了房子还了贷款就剩下那些钱，大头都还你们银行了，现在家里没有钱。当初卖房子的时候找亲戚拆借一周的过桥资金亲戚都不借，现在再去问亲戚借能借到吗？现在亲戚已经全家都不接我们的电话了，你让我们去哪里借钱。你以为我们不想借吗？可借不到。上哪里借去，要不你先借我点？”青青恨这个人，上个月也给M银行还过几千了，而且之前已经把家里的困难详细地说过一遍了，怎么对方连一丝同情都没有，怎么还是这么苦苦相逼！

“我凭什么借给你钱，你简直脑子有病。我限你三个工作日内把款还清。否则我们就采取行动。”

最后M银行扔给她这么一句话，真是让人烦躁。青青结束了通话。

电话里面的气氛就这样对立起来，M银行坚定地认为青青有钱不还，把她往死里逼，而且动不动就说要把她送到派出所去。气憋在胸口，郁闷的情绪充满了青青的全身。

她抱着八个月的女儿，看着女儿笑得那么纯真，坚定了要好好活下去的念头。只是眼下太难了，她恨M银行，这个月的逼迫让她多次想抱着孩子去M银行总部去让他们看看她现在到底有多苦，一个女人带着个吃奶的孩子能赚多少钱？一个资金链断裂了，家里家当都变卖了给他们银行还了十几万的家庭还能给他们凑出多少钱？青青真想带着孩子去找他们的总经理，让他们总经理看看具体情况到底怎样，让他们的总经理去教育教育给她打电话的那几个把她往死里逼的催收员。青青想象着在 M 银行总部与他们对话的情景，但是因为 M 银行之前的种种沟通，让她想象的过程中也是在吵架的，她甚至想到了如果他们都不相信她说的话，她宁可带着孩子从他们的大厦上跳下去以死证明自己确实没有说假话，证明自己确实没有钱的情景。

天呐，怎么会有这样的想法，生活怎么能如此绝望！生活的道路像是被堵死，没有出路。这种生活真是太煎熬，太摧残人了。

青青竟然想到了带着孩子一起跳楼来向 M 银行证明她说的话是实话，她真的没有钱，一时也借不来钱，她的家庭真是资金链断裂，她真有个吃奶的孩子，她的生活确实很苦，她真不是不想还款。她一再地乞求 M 银行给她宽限。

青青的心被这样的想象折磨着，心力交瘁，每次想象完，她都趴在床上大哭一会儿，幸好女儿还小，不知道她的这些举动，否则她真的无法释放这种情绪了。

青青为什么不真的去现场呢？她当然想去，可北京这么大，去一趟至少花两个小时，即使什么都不说，来回四个小的时间也到了女儿吃奶的时间了，怎么去，拖个吃奶的孩子真不好去啊。

没有钱，面对无休止的催收，只能挺起了脊背，坚定内心，直面应对。青青的事情，在老家已经传得众所周知。学生给送来的一封封律师函，村部会计被打到无法工作的转催收电话，派出所的确认，“经管办”的转催收电话，加上各家银行给青青父亲直接打的电话。如此之多的各路催收消息，让青青的父母亲一时难以接受，门都不敢出了。青青与康泽商量着利用“五一”三天假期回乡看望父母亲，青青真的很担心母亲接受不了这个打击，如果再因为这个事情让母亲病情恶化，那她将一辈子无法

原谅自己。

每每想到此处，青青便泪流满面，她也不知道为什么现在这么容易流眼泪，也许日子真的太苦了，幸福和快乐这些词好像是专门为别人而创造的，跟她相隔甚远。青青现在泪点低到她自己都能体会到多愁善感的女人是怎么样的了。

眼前生活对于青青来讲特别痛苦，感觉生活无法继续的时候，她就告诉自己："冷静下来！只有让自己赶快冷静下来才是正确的，谁也无法代替你难受，只有自己调整情绪才能恢复平静，还有那么多的事情等待你去做，必须马上冷静！只有冷静了才可以去解决面临的问题。"

康泽那边的工程还是没有进场，传说了好长一段时间指挥长要到来。据说指挥长是投资商大老板的情人，康泽与黄总等人觉得指挥长给项目是板上钉钉的事情了。可青青听到这层关系，觉得总不是个滋味，难道这个小家的翻身就要寄托在这说变就变了的不稳固关系上？青青担心，但一时也别无选择。

第二十九章　回乡探望父母

青青把自己父母亲在家乡的情况告诉了康泽，两人商量着康泽回去给二老一个解释。康泽也没想到事情会闹成这样，他赶快买了车票回京，在家待了几天便与青青一同回到青青的老家。此时女儿果果快十个月了。

火车缓缓驶入家乡，看着车窗外白色的盐碱地，青青心生感慨："无论康泽的家乡环境多么优美也代替不了自己家乡，乡愁是哺育一个人成长的这片热土给予的那份感觉。即便它看似荒凉，看似贫瘠，可它是一个人灵魂的栖息之地。也许正是因为这一马平川的土地养成了我刚正不阿的性格，也许正是这一望无际的黄土高原养育了我宽广的心胸。"想到这里，青青眼睛湿润了，这是触动她乡愁的泪。

下了火车到达市内，早已是繁华的都市，没有盐碱地，没有黄土高原，有的是家乡的符号，家乡的淳朴民风。儿时的记忆频频浮在眼前，伴随着记忆很快便到了父母家。

一进门，青青看到母亲比以前瘦了，父亲也没有以前精神。她忍着眼泪把女儿果果送到母亲面前。母亲看着长大了的外孙女，乐呵呵地笑了起来。

吃过饭，青青与康泽给父亲和母亲道歉，希望父母一定保护好身体，康泽再三保证一定尽早还完欠款，让这些催收不再骚扰

岳父大人和岳母大人。看到康泽对女儿还算不错，母亲也没有再过多地责怪康泽，她知道康泽一定也很懊悔。母亲在询问了资金去向后鼓励他们，这让康泽万分感动。他知道他不但找到了一个好老婆，还找到了一个好家庭。康泽与青青把在北京接到催收的情况告诉了父母亲，康泽再次掷地有声地向岳父岳母保证一定积极赚钱还款，并且让岳父岳母对这种催收以后不用太往心里去。因为并不是往心里去现在就能还得了钱，银行无论用什么形式催收，目前都只是催收的一种手段，银行并不是想要把人逼到监狱，他们还是希望欠债的人还钱，当前破解现状的最关键问题还是康泽去赚到大钱。康泽表态说："我一定拼了命去赚钱！但是人生都会有坎坷，遇到了只能积极面对和跨过。"

青青的父母亲听到康泽的一翻解释和劝慰后，眉头舒展开了，郁结在心里的情绪也豁然通达了。知道自己的女儿不会有进监狱的风险后，老两口松了一口气，表示以后对待催收和各类函件会逐渐坦然。目前这个阶段渡过难关要紧，颜面没有就暂时没有了，只要人没事就万事大吉。

康泽与青青为父母亲的豁达感到欣慰。

回家第二日，青青的小哥与准嫂子一起回家团聚。期间聊到他们的债务问题，青青故作镇定地告诉小哥大概还有二百万的缺口，小哥惊讶怎么会有这么多。其实，她也不知道具体还有多少欠款，只知道二百万只会少不会多，说再多她也怕吓着父母和小哥。那天临走前，小哥让准嫂子拿出准备好的五千元现金给她，青青瞬间感到无地自容，泪水忍不住地流了下来。小哥说给孩子买奶粉，可青青坚持不要。如果是平时，她也许会坦然地接受兄长给的钱或者物，但恰恰就在这种时刻，她觉得自尊无处可寻，她想到自己已经嫁人，回娘家是来看父母亲的，最后不但没有给父母亲钱，反而让娘家人给自己钱，她越想越难受。这怎么成了回娘家要钱来了呢？她难受，她不接受小哥的馈赠，小哥说是给孩子的，但越是这样，她越是不能接受，青青感恩小哥的同时又为自己的境况感到羞愧与自责。

青青抽搐着，谁也无法理解她此时的感受，实际上当时她的口袋里只有几百元，如果能有五千元的现金，那是可以支撑她一段时间生活的。可她只觉得无比羞愧，好像她回娘家就是为了拿钱似的，她不想让自己沦为这样的境况。

父亲疼爱地对她说："你拿着，这是你哥的一片心意，他又不用你还，给你，你就拿着。你哥困难的时候你不也给过他钱吗？"

听了父亲的话，青青的情绪平复了一些。她回想她给兄长帮助的时候的心情，那是一种只希望对方好起来的心情，希望对方没有温饱之忧的心情，想必小哥此时也是这样的感受吧。

青青擦干了眼泪，谢过了哥嫂，收起了钱。

在青青家乡的那三天，大家把话题说开说透了，也明确了共同渡过难关的决心。父母看到青青与康泽的感情并没有因为债务受到影响，看到两人身体和精神都没有问题，也随即放宽心态，鼓励他们趁年轻，多努力。

第三十章　银行追收

回到北京，进入工作状态，各家银行又开始了无情的催缴。刚刚回家乡的那份喜悦又被银行的催收给浇灭了。康泽又南下，青青的钱又找不到出路。小哥给的五千块钱也仅仅够还一两家，解决不了实质问题。有一天早晨，青青在去上班的地铁里想“幸好给女儿纯母乳喂养，否则真是买不起奶粉。”

青青思来想去，康泽家已经再没有人可借了，所有的亲戚朋友，包括婆婆的老同学都借过了，现在实在是数不出哪个能借钱的人了，借钱都已经借到了不接电话的程度，也是人生的悲哀呀。青青自始至终都不想问自己的娘家人借钱，她不想拖累娘家人，也不想让娘家人觉得自己过得不好。但是现在，她别无他择，最后还是硬着头皮给小哥打了电话，她知道小哥马上要结婚也要花钱，其实本不应该再张口借钱了，但是大哥青波也在艰难创业，她更张不开口，目前太窘迫了。

她先给母亲打了个电话，询问母亲的意见。母亲自然是爱护自己女儿的，母亲建议她与小哥好好商量，一下子不要借太多，毕竟小哥婚期在即。青青鼓起勇气，举起电话向小哥询问起了借钱的事情。小哥爽快地答应，告诉她三天后会有二万五千元的到账，一到账即刻转给她。青青激动地再三感谢小哥，小哥笑笑说没什么的。

家人越是无私，越是大度，青青越是自责。

青青下定决心一定要早日摆脱经济的困扰。

回来北京那几天，青青用小哥给的那五千陆续给各家还了一些，她一边焦急地等着小哥的那二万五千元，一边等着康泽的好消息。青青与康泽每天都通电话，说的话题早已经没有了情与爱，只有今天是哪家催，怎么催，哪家上门，说了什么。青青憋着不问康泽的进展，因为这几个月几乎每次问都会有进展，但是却都没有结果。

青青有时候很无助，很孤单，很无奈。前面的路只有自己迎着风继续前行。别无他法。

康泽以前的电话依旧关机，催收找不到康泽，往往电话打来也是通知逾期让想办法还款而已。可青青不一样，她有稳定的工作，并且在人称“宇宙中心”的五道口上班，从业经验良好，过往征信良好，现在还在职，手机号码也没换，这就让银行疯狂地盯上了她。

康泽说：“银行最喜欢你这样的债务人，上着班，还找得着人。那么多逾期烂账的客户中有相当一部分都是消失或者没有稳定工作的，但你工作好，居住也稳定，银行不催你催谁？他们催别人都催不回来款，你认真，又好说话，只能使劲地催你。”

这话说得也没错。催收的确是这个心态。

青青问小哥借的钱还了几家，但都没有还清。她给十几家银行每家一千、两千地还着，她想的是有钱了就赶紧给各家都还着点，但是分摊下来确实也太少了。现在她的逾期早已经超过六个月，银行的催收催得很紧迫，银行都催一次性结清，如果当月只是还了一部分，那下一个月还会换人再重新催款，每个月换人，每个月都是一样地摧残。

给M银行还了两千块但却达不到催收人员的心里预期，银行依然打电话催收，这次的催收人员连续两个月没有变，这两个月期间青青还了几千块。但是让她没有想到的是他们仍然不依不饶，三番五次地到她公司去讨债。

银行到公司讨债也是这一年开始的，N银行、M银行、F银行、G银行的代表都去过公司，其中F银行是青青在公司楼下咖啡厅接待的，三个大汉听着她的诉说，虽然表示同情但是并未停止手中工作的进行。青青记得在F银行的工作人员上门前曾有广州那边打过电话与她商量过让她还当时的最低还款，说让她一次性还九千块就把案子保留下来，就不让北京的催收上门。青青当时一方面是确实拿不出来钱，另外一方面以为是银行在吓唬她。可当有人拿着一张单子找到她的时候，她才知道她的情况真的是越来越严重了，F银行两张卡，额度总共八万，但是现在的累计欠款都达到了十多万了。虽然最近每个月都还两千，但第二个月的欠款金额还是与上个月几乎一样，这证明每个月每张卡的滞纳金要高达近一千元，青青想着这些钱心疼得不得了，可如果一点都不还那将更严重。

青青在公司楼下的咖啡厅也曾经接待过M银行的催收人员，当时无论她怎么解释，对方一定要求她全额还款，青青真不知道那个催收是怎么认定她有能力还款的。一个星期到她公司两次，再去的时候就直接找到前台，说青青欠他们的钱不还，让前台转接青青。那时青青正好在母婴室，前台只好转告给她部门领导的助理，助理又把事情向领导做了简单汇报，等她接到助理电话的时候怔住了，这下公司都知道这事了。这该来的还是来了，躲是躲不过的，只能见面说了，青青赶快出去，可她看到这些人心情是极其烦躁的，跑到公司来就可以逼出钱吗？人性真的要这么邪恶吗？她解释道："现在一时解决不了。"M 银行的人马上就大声说话，并且故意把欠钱的关键字眼说出来让前台听到。M 银行的吵闹与公司的安静显得格格不入，M 银行一定要个说法，一定得要到钱才肯罢休，青青站在原地无地自容，走也不是，不走也不是。前台看到这种情况，马上向行政经理汇报，行政经理负责公司的环境和治安，行政经理见状，马上又与人事经理通报。两位经理出来告诫 M 银行的催收人员此处是办公场所，要保护员工的人身安全，并且告诉 M 银行等待，公司需要了解下情况。有了公司行政和人事经理的告诫，那几个人老实了许多。

在人力资源部门的办公区内，面对两位经理关切的询问，青青忍不住哭了出来。她这个在工作上一向雷厉风行的女人第一次在公司的同事面前表现出如此柔弱的一面，她泣不成声，人事经理递过一张面巾纸，青青稍事平复了一下，简单地告诉两位经理是因为爱人投资失误，资金链断裂导致欠款一时还不上。她对公司感到了抱歉，也感谢两位经理对自己的庇护。人事经理建议她还是要直接面对，要与对方说清楚，安抚住对方，尽量想办法解决。

青青擦干眼泪，出了人力资源部的门，迈入了她直接领导裴总的办公室，裴总已经知道了有人催债的事，用关切的眼神看着她，四年的工作配合和相处下来，他知道青青是个特别要强的女下属，青青的工作总是不需要他过多地操心，总是可以把风险提前预防，并且总是毫无折扣地完成他布置的任务，执行力特别强，可谓他的得力干将。

青青把事情的前因后果向自己的领导诉说了一遍，她同样忍不住哭了起来。裴总递给她一张面巾纸，等着她平复情绪。裴总说："怪不得看你最近状态不是特别好。"青青说："虽然有这么

多事情，但是工作一样都没有落下，工作的时候尽量不让这些事情影响自己，工作照常进行。”裴总说：“有事跟没事是不一样的，能看出来。没想到你有这么大的压力，现在公司的人知道了，你可能会有思想压力，但是你不要担心，也不要考虑那么多，人在关键时刻要先把自尊先放下，毕竟还要工作，你不要想着会见到知道这些事情的同事，你就当不知道，进公司你该怎么走还怎么走，别觉得公司的门就不好进了，千万别有这样的想法。在经营咱们大部门的时候我也有很难的时刻，刚开始我也磨不开面子，但是最后我也想开了，人总要生活，有的时候面子不重要，我会支持你的，放心先去处理眼下的事情吧……”

青青很害怕银行到公司去催收，她怕公司的人知道，因为如果那样，那她真的就连最后一点尊严都没有了。青青也担心银行的人到公司把她的工作给闹没了，如果那样她真的就走投无路了。孩子那么小，她的工作没有了，那房子也就没有了，收入同样也没有了，生活立马就无法维持，这是很可怕的。

不过还好，无论青青的同事还是青青的领导都支持她、安慰她，这让她感到有了依靠、有了归属。她下定决心，一定不辱使命，尽快处理好这些事情，为公司效力，回报裴总的信任。她带着 M 银行的人到楼下谈了很多，很彻底，两个小时的时间，什么都说了。最后快下班了 M 银行的人才回去。谈来谈去还是让她找钱，无论她怎么说都是一个结果，尽快找钱，还钱。

送走了 M 银行，次日 T 银行又来，但正巧青青外出，没有正面交锋。T 银行倒是很客气，并没有像 M 银行那样大声喧哗。青青回到公司，领导的助理告诉她有个银行来找她，留下了电话和单位名称及来人的姓名，让她给回电话。即便是这样，青青也无颜去面对助理，听着有银行来找她的时候她根本没法直视助理。她的脸在发烫，感到无地自容。她红着脸，努力控制着因为羞愧和紧张而要渗出的汗水，她感觉这个对话好漫长，虽然只有几句话，可她却感觉像是过了一个世纪那么久。青青故作镇定，听完助理的讲述，对助理表达了感谢之意后匆匆离开。

晚上回到家中，青青把银行到单位催收的这个事情告诉了婆婆。青青表示很郁闷、很羞愧、很烦躁、很无地自容。婆婆听后也很气愤，大骂这些人。

“这些龟儿子银行，到人家家里催还不够，还非得上单位去闹，去单位闹难道不影响工作？影响了工作，工作没有了怎么还钱。这些人太坏了，不动脑了也没有人性，一个个都是龟孙王八蛋。”

婆婆气得在屋里直骂，看到婆婆这样。青青内心的伤痛减少了一些，因为在这个世界上，此时此刻，她只能把这些事情说给婆婆听，而婆婆对银行这个行为的看法足以慰藉她的心灵。因为，婆婆能如此看待这个事情，那婆婆也一定能体会到她的苦，这些就足够了。

“康泽的脑袋简直有问题，当初怎么想的？咋就能贷那么多钱？还不了人家就少借点啊，胆子可真够大的。”婆婆骂完银行开始数落康泽。

“胆子确实大，他净想着发大财，不脚踏实地去赚钱，他胆子大都是因为心太大。再加上人倔强，最后弄成现在这样。”青青想到康泽的种种，眼睛目视前方，漠然地说道。

“他当时让你贷款，你就应该不给他贷，看他能怎么办!”婆婆话锋一转对青青说道。

青青听出了话里的弦外之音，心想这怎么还埋怨上我了？

“我也不愿意给他贷款，我只认当初你们给他的第一次贷款，

我到现在都是这样跟他说的。可每次他都是这个理由那个理由的，最后说来说去就只能给他贷了。你说我不应该给他贷款，那你在家里怎么就给他借了那么多钱？我还想着我这边贷了款如果实在还不上最后家里可以帮得上忙呢，结果现在哪都依靠不上了。”

“他就是这样，每次回家也都是说差几万块补上就好了，每次都急得不得了，弄得我每次都是赶紧给他借钱。他在北京创的什么业我们也不懂，这几年把身边能借的同学都借遍了，现在银行要钱没地方再借去。”婆婆又像是找到了知音，愤愤地说道。

“妈，辛苦您了，这个钱我和康泽一定早日给还上。”青青听到婆婆这番话，觉得婆婆这么大年纪也不容易，便安慰道。

“我一直不明白，为什么你们能贷那么多款，银行难道看不到你们有贷款吗？怎么还敢给你们放贷呢？”婆婆说出了心中的疑惑。

“刚开始都没问题，银行都正常给贷，后面这些贷款都上了征信就不好贷了，因为贷款的时候会核实资料，但是后来有人把康泽提交的资料同时交给好几家平台，他们背后可能做了什么操作吧，否则肯定批不下来这么多。”

“那些人审核还是不够严，要不然怎么会发现不了呢。这些个贷款公司呦，给人家贷款的时候都好好的，还不上就变脸了，当初不会不要给人家贷呀。现在弄得家也不像家，日子都难过。唉！”婆婆愤慨地说着这些话。

青青心里知道，贷款公司固然有它的问题，但更大的责任在于她与康泽，如果他们能够遵守规则，那是不会走到如今这个局面的。

她第一次清醒地意识到一个自然人在社会中遵守规则是多么重要，也许是因为她以前都在遵守各种规则，所以之前从未觉得规则会给人的生活带来什么影响，可现在她却感受颇深。一个在社会中存在的自然人如果无视社会规则那将会给生活带来极大的麻烦，这个麻烦不在近期体现就会在远期体现出来，就像交通规则一样，红灯停，绿灯行，很简单，稍加注意就可以遵守。可如果不遵守交通规则，那将很容易就带来惨痛的代价。其实现在她和康泽面临的情况也是一样的，如果当初可以坚定信念，无论谁做任何劝说都不动摇，那一定可以避免如今的惨状，这对他们来讲是个惨痛的教训。

第二天，青青把银行上单位去催收的事情告诉了康泽，康泽心疼又焦急地说："哎呀，老婆，怎么办呢，都是我让你受了委屈。老婆，对不起。这辈子我欠你的太多了，我要用我的一辈子去还你。老婆对不起……"说完康泽快要流泪了。

听了康泽的话，青青感觉到如果再说那些将会给他带来更多的压力，随即转移了话题，不再过多地探讨这些无法解决的问题。

话题引到了康泽现在的项目进展，其实她并不是真的想问，因为她知道一个项目的进展不会那么快，可为了结束前一个话题只好随便再找一个话题。现在两人的脑海之中大多数的空间都被还债和如何还债占据着，话题自然而然地也就跑到了这方面。

项目的进展还如两天前那样，指挥长快到了。康泽说只要见到指挥长，招待指挥长一次，再最后落实一下就尽快启动，说电话里都说好了，图纸都拉了一车来看，都是建筑用的图纸。青青听着一个她未曾涉及过的领域的事情，听着康泽激情洋溢地说着，心中慢慢腾起了希望的火苗。

挂了电话，青青想着康泽所说的话"老婆，放心！这些钱赚得快。人生谁没有个起起落落，上天赐予你的你就好好接着，现在是上天在磨炼你呢，磨炼你是为了让你成为更优秀、更好的人，也许这辈子你真能做成什么大事情呢……"

康泽总是有这个能力，在你困惑的时候一句话就解决了你的

心理及思想问题。

就这样，各家的电话催收每天都进行着，律师函每周都能收到，上门催收现在又增加了一个地方便是公司，信用卡的催收总是喜欢去青青的公司，也总是靠给青青的公司打电话来给她施加压力。青青那段时间已经害怕领导的助理与她说话了，如果哪天她看到助理的 QQ 头像在闪动，心首先就是一沉。“难道又有哪家打电话给公司了吗？又找到了部门领导了吗？”

那些催收总是打给前台，然后说青青欠钱不还，要找青青的领导要个说法，领导的助理总会作为最后一个接待这些打电话的人，而且有一段时间有一家银行每天都打电话给领导的助理，助理非常耐心地解释，告诉对方青青一时也凑不出来钱等等的话语，可催收不依不饶，最后终于给助理也造成了工作上的困扰。当然助理不好意思直接告诉青青这些，总是几近呵护地告诉她哪家又打电话，让她给回电话等。有时候打得多了，助理也知道了该怎么应对，只是把一些听起来比较着急的电话内容转达给她。即使是这样，青青也已经接到了很多次助理的转达。有时候是 QQ 上说的，有时候是见面说的。见面说的时候助理总是很关切地告诉她电话里的情况，有时候忍不住问问康泽那边的情况有没有好转。青青知道助理是真心关心她，可她的内心真的是很难受，面对昔日的同事，作为一个业务部门的领导此刻她显得无比弱势，曾经雷厉风行的作风此刻荡然无从。是啊，这种情况下那感觉还怎么存在，她恨不得拿一块遮羞布把自己的脸都遮起来。好在，领导和助理对她的境况都非常理解，这让青青在每次感到无法面对的同时在心中又燃起一团向上的火焰，她不能辜负支持她的人，不能让别人对自己付出的真情变成无谓。

青青的电话，父母的电话，婆婆的电话，单位的电话，催收们像疯了一样地轰炸着青青及她的工作和生活圈。

T银行有一日电话催收，青青告诉对方情况不好，很不乐观，对方说见过很多情况不好的，但努努力总会有办法的。因为当时在地铁里青青不方便说得太直白，但她知道如果不说清楚，催收是不会罢休的。突然青青想到了一句诠释现在境况的话，她对着电话说："别人情况不好至少还是家徒四壁呢，我现在，连四壁都没有，你说情况能好到哪里去。"青青淡淡地一句话，对方没太听清楚，她又重复了一遍，对方竟然听笑了。青青心想，还好对方是个有点文化、有点修养的人，在人多的情况下她如此形容他竟然理解了。接着对方似是感受到了她的境况一样，对她表示同情，并鼓励她还年轻，未来还可以创造，最后不忘叮嘱她一定要及早解决信用卡的事情，虽然银行为了催缴不会轻易报案，但是信用卡是受刑法保护的，一旦严重逾期，保不齐哪个银行也许会做出报案抓人的行动。虽然一般不会这样，但是也不能保证肯定不会，从法律上来讲，是真会被判刑的。最后还是建议她想尽办法及早处理，不要影响自己的生活。挂电话前，这个银行的工作人员告诉青青这个月不会再给她打电话了，如果她能处理就记下他的电话，到时候再联系他。

挂了电话，青青内心又是一阵复杂的情绪。她感谢这位催收人员的理解和坦诚，同时也为自己的境况感到悲哀，下了地铁，风吹着，可她的心已经麻木了。

F银行从广州打过一次电话让青青一次性还九千多未果后就转到了北京，北京的催收直接到她公司，面谈过一次了解完情况未有太多进展后又换了一拨人。自从那次上门找过她一次之后就都是电话催缴了，电话里总是告诉她现在欠多少资金，总是让她先结完一张卡，可她每个月最多只能存一千或者两千。她的还款远远

达不到银行的要求，银行就告诉她如果不还就采取措施如何如何，面对这些话青青听得太多了，她没法还也没法天天想着这些。

残酷的生活现状让她领悟出了生活的真谛：一个家庭想要高质量的生活，一定要给家庭设置止损点，或是情感止损，或经济止损，尤其不能让经济一团糟；一对情侣无论如何相爱都不能毫无底线地帮对方借贷，即使在热恋中也要保持清醒的头脑，如果能保持经济相对独立则更好。这是保障生活的基础点，如果失去了这个基础点，生活中的很多东西可能会悄悄发生变化，甚至会让生活完全颠覆。

想到这里，青青拨通康泽的电话问道："之前我让你停，你为什么不停？"

"我想到那些成功人士创业也不是一帆风顺，每当遇到困难的时候我就告诉自己再坚持一下，也许再坚持一下就会胜利。所以就一步一步走到了现在，我也想让你们过好日子，我不想轻易放弃。"康泽歉疚地说道。

"早知道是这样的情况，你再怎么说我也不会把信用卡给你。如果不给你，你没有资金早就停了，也不会弄成现在这样。看样子还是我害了你，也害了我。"

"老婆，你别这样说。一切都是上天这样安排的，既然遇到了我们就好好面对。就几百万，算个什么。财运来了几年就赚到了，咱们会好起来的。你在北京把宝宝带好，把妈照顾好，让我安心在外面赚钱。"康泽着急地说道。

"你总是这样说，钱有那么容易赚吗？我天天被催，我能等，可银行能等吗？"

"老婆，对不起！是我让你们受委屈了，你再坚持下。"

"呜呜呜……"电话里是青青的哭声，康泽的哽咽声。

第三十一章　对话 M 银行

M 银行依然是所有催收中最无人性的，每一次沟通几乎都能刺激得青青大喊大叫起来，青青边嘶吼边在想“我什么时候变成了一个像泼妇一样的人？怎么能这样刺激一个人？”

M 银行的催收总是觉得青青有钱不还，无论她怎么解释都是一根筋地那样认为，气得青青大骂：“你脑子有病吧”。可怎么骂都不管用，后来青青觉得很奇怪，反问他：“你是觉得我有钱不还吗？”

“你别说那么多，你赶快还钱。”

“我真想打开你的脑子看看你的脑袋里装的是什么，要我怎么说你才能相信和记住。我真的没有钱，该借的也都借遍了，我要给你说多少遍才行，猪脑子！你现在是认为我有钱故意不还吗？你看看我哪里有钱，你要能帮我找出来，我一定还，全部还给你们银行，行吗？”

“你不要在这里耍无赖，我看见你前些日子给 Z 银行一次性还了十万，你没有钱怎么会还十万，你给 Z 银行能还十万，给 M 银行怎么就不能还。”

青青无语了，气得血往头上涌。

“你脑子有病吧，你既然能看到还了十万，你难道就没有看到马上又消费出来了十万？你是信用卡这边的吗，我要有钱为什

么还了十万还要马上就消费出十万呢？那张卡之前套现，现在让人给还着再套现出来，保障信用卡不逾期，难道你不知道这个方法吗？你就看到入账十万，随即就出账十万你怎么没看到，你眼睛瞎了？”

面对这样的催收，青青真怀疑他的智商到底有没有问题，像个傻子一样地执着，咬着青青不放，一次两次地到她公司，每天不停地打电话、发短信，还执着地认为她有钱。青青真的难以猜测到这个催收是什么心态和智商。

竟然还有一次在一个周六对青青进行过一番强力催收后说道：“祝青青，你别以为我不知道，你这样的人就是不自觉，不值得同情！你说你没钱，你困难，你既然困难那你不会把北京的房子卖了吗？北京一套房子值好几百万，你说你把房子一卖，这几万块钱还用得着让我们这么费劲吗？……”

青青又一次无语了，这个世界上还有她的房子吗？没有，满世界都没有。如果北京真有套房子还用他说吗，她早就会卖掉还债的。钱是可以再挣的，可每天这么煎熬地过日子谁能受得了，青青从内心深处是非常憎恶这些催收的。虽然知道这也是他们的工作，但这些人里面有相当一部分人素质太差，太差。她不觉得这辈子需要和这样的人打交道。

青青听完 M 银行催收人员的话，笑了。她终于知道了这个催收为什么那么执着于她了，她倒想知道他看到的她名下的房子在哪里。

“我什么时候有房子我怎么不知道。”

“你这么装有意思吗？”

“哈哈，我就特别好奇，我的房子在哪里？我真不知道，请你明示，如果我有房子，我早就卖了，还用得着你们天天轮番轰炸呀。我可不想与你这样素质的人多说一句话。”

“请你说话文明一点，我看到你的征信上在你名下有套房子，现在算算应该也值四百多万吧。”

“哈哈，您倒是说说这房子在哪里呢。”

“祝青青，你这么装真没意思，我们都看到了，你还想抵赖，你就是不想还钱是吧，有钱装没钱。你这样的人真的一点也不值得同情，要不是看着你孩子没满周岁，我早就让警察去抓你了。你现在就仗着你没过哺乳期就这样无理取闹，这么放肆。你等着，等你过了哺乳期，看你还嚣不嚣张，还敢不敢耍无赖!”

“我倒是真的想知道你说的房子在哪里，你给我指出来，你指了出来我立马就卖，一分钟都不耽误，真的。可我就不知道我的房子在哪里，你说的是什么房子，你赶紧给我说，我的房子我不知道，我现在都急死了。”

“装!”

“真的，你赶紧跟我说，你看到的地址是哪里？你说我看究竟是怎么回事。”

“你现在的住址是哪里?”

“你不是知道吗，我的资料上都有。”

“我们看到你名下有一套房子位于北京市海淀区……”

“这哪是我的房子呀，这是从单位租的房，什么时候变成我的房子了呀。天呀，你们从哪里看到产权属于我呀，这是人家的回迁房，租给政府，政府租给公司，公司又租给我们的房子，怎么就成我自己的了。现在公司能给我套房子让我安稳地住在这里已经不错了，你还指望我把公司的房子给卖了还账啊，再说这房子我也卖不掉啊。”

“那我不管，反正我们看到你的名下有房。”

“那是你们的资料有误，如果有房我早就卖了，我不想欠人钱，更不想每天被人催。”

就这样，这个要把青青往死里逼的催收员，似乎一直都认为青青在对他撒谎，他先说青青有钱还Z银行十万，又说她在北京有房子。也许自从他拿着青青的资料起就给了她有那样资金实力的定位，可实际却与那相差十万八千里，在这种情况下，沟通一定是极其痛苦的。

青青与他已经有过很多次的交锋了，这个催收人员放过狠话，他一定要把她的钱收上去。在M银行就只有他负责青青的案子，找谁都没用。青青恨得咬牙切齿，可也没办法，谁叫她欠了他们银行的钱呢。

青青以为十万块及房子的事情沟通清楚了，M银行不会再咄咄逼人了，可是她错了。

有一天，还是那位催收人员打来电话。说请她到银行一趟，有困难当面跟领导沟通清楚。语气相对还算平和，只是在时间方面不是商量而是通知，这让青青很不爽，青青告诉他时间不便，对方也耐着性子与她约起了时间。

两天后，青青按照约定的时间到了M银行信用卡中心，进去之后首先看到了几个穿着保安衣服的小年轻在走动，随后看到了身穿白衬衫黑色西服的工作人员，看到了工作墙上“M银行”的字样及Logo放在入口处。虽然与青青想象的银行环境有些差距，但也还算正规。

之前与她联系的那位催收人员姓马，他带着青青到了一间会议室坐下，告诉她等一会儿，一会儿同事会来接待。

青青背着背奶包坐在了小圆桌旁，看着窗户外边的景色，想着一会儿一定请领导多多帮忙，她过来是要与M银行好好谈一谈的，毕竟来一次也不容易，而且现在她也不再想着抱着孩子跳楼的事情了，对 M 银行她有难以演绎的情绪。

正想这些的时候，门打开了。一个看起来二十岁出头的小伙子坐到她的对面。冷冰冰地问："祝青青是吗?"问完一屁股坐到她对面，像个小痞子，毫无素质可言。

"对，我是。"青青还想保持好的沟通，并未发火。

"身份证拿出来看下!"小伙子板着脸，拽拽地说道。

青青看到眼前这个比自己小很多的小伙子，看到对方如此冷漠，似乎把她当犯人一样地审问，竟然还要她的身份证。离家这么多年，青青认为身份证可不是随便就要给别人看的，而且在正常生活中她没有义务给别人看她的身份证。青青感受到了这个小伙子对她的蔑视，也许在他们的眼里，她要比他低一个等次，所以他们不觉得要跟她正常地沟通，似乎在他们眼里，她就配像刚才那样地呼喝。但是青青此次过来是和谈的，不是来受侮辱的，她需要相对和平的谈判空间，对 M 银行长期压抑的情绪在这一刻爆发了。

"你凭什么要我的身份证?"

"我要确认你的身份。"工作人员高傲地说道。

"你刚进来不是确认过了吗?"

"这是工作程序，需要看了你的身份证才能确认。"

"我的身份证能随便给人看吗? 再说你即使要看我的身份证也不应该是你那样的语气。"

"我的语气怎么了?"

"你的语气像是在审问犯人，找你们领导来，我不接受与你沟通。"

"你哪来那么多事儿呢，我就这个风格，你的事情就是我

来谈。”

“我不会与你这样素质的人谈的，找你们领导来。”

“你这个女人真难缠！欠钱就还钱，这是最主要的。”

青青实在无法与这个人再谈下去，她知道再谈只能是激烈地争吵。这是人家的地盘，吵架肯定是不明智的。于是她推开门去找负责她案子的“马姓男”。与那位“马姓男”说明了情况，“马姓男”答应去找领导过来交涉，青青便回去等候。

等了将近四十分钟，一个身材高大、穿着得体的男人进来了。这个男人声音洪亮，语气坚定，说话虽然也犀利，但总体感觉比之前的那些人素养要高一些。青青简单把刚刚的沟通情况说了一下，表明了自己希望平等交流的想法，那位经理表示理解。

青青心想终于等到了可以沟通的人，她希望与 M 银行彻底地好好沟通和解决一下。那位经理听她讲完大概的情况，告诉她给康泽处理案子的那个人他认识，说他比那个人的权限还大。说完怕青青听不明白，又补了一句说他的官比给康泽处理案子的那个人的官还大。这个经理坚定而职业地对青青说：“知道你们的困难，但是我见过比你更困难的人，甚至到了我们这里给我们下跪的都有。我们也不需要他们跪下，那样我们从道德上承受不了，但是我们也是为了你们债务人好，信用卡立法了，是受刑法保护的。我们对你们的责任是帮你们想办法把款还上。家家都有困难的时候，但你们日子还得继续过，我们也得工作，我们也是上有老下有小。”

青青听到这些有些动容，她说如果有能力一定尽快处理欠 M 银行的款。听到这里那位经理给她算了一下，告诉青青如果今天可以一次性还两万，那剩下的两三万可以给她做成分期付款，以后每个月按期还上就行，只要不逾期他们就再也不会给她打电话了。

青青可以感受到这位经理是用尽了心思想帮她，其实这个方法对于正常家庭来讲是非常贴心和合理的方案，可在青青这边，她心有余而力不足，她也非常想接受这位经理的好意，可她连两千块都拿不出来。青青只好对这位经理说："恐怕不行。"经理一看她什么办法都没想就直接拒绝，略有些意外。但他还是采取了迂回战术，让她把康泽的电话拨通，他与康泽沟通，于是青青拨通了康泽的电话。

在青青来之前就已经把行程告诉了康泽，所以康泽是知道她在 M 银行的。

但是当康泽听到当天一次性交两万的时候，康泽暴躁了，他把之前 M 银行给青青带来伤害的情绪流露了出来，质问银行是要抢人吗。

此话一出，这位经理急了，说道："我看你们两口子真是一对，一说话就急……"谈话并不是很愉快地结束了，这位经理语气凛冽，康泽语气烦躁，这是一场注定失败的沟通，因为 M 银行与康泽和青青发生了太多的不愉快，此刻康泽爆发的是对 M 银行过往行为的积怨，并不是针对这位经理的，只是他赶到了这个点上。那位经理最后气鼓鼓地扔给青青一句话："你与你老公赶紧商量，我出去半小时，一会儿再来，希望你们赶紧想办法，今天必须解决。"

青青知道康泽一分钱的办法都想不出来，如果说青青可以拿出一千块来还款，那康泽连两百块都拿不出来。要给康泽再打电话吗，打了也是白打。青青坐了一会儿，没有人进来。她想要不就直接走算了，她背起背奶包拉开门准备走，却发现门口坐着之前与她沟通的"马姓男"，腿摆放在门口，明显地是在拦着什

么。两人对视，青青愤怒的情绪被激了起来。走不了，只能返回桌边。她拿起电话给康泽拨过去，把在M银行的情况给康泽说了一遍。康泽确实没法解决，他只好劝慰青青不要担心，说“他们不敢把你怎么样”等等之类的话。

又过了一会儿，青青算着该到吸奶的时间了，她无法再等了。开门就要走，“马姓男”站起来，问她要去哪里，青青说要回家。“马姓男”说马上叫经理来，让她等一下，语气冷漠又凌厉。

青青出不去，只好回到会议室。很快那位经理进来，问青青办法想得怎么样。

“我和我爱人都没办法，现在真是没法借了，您帮我申请的政策等我过段时间情况好了您再给我申请可以吗。今天我该回家了，我得回去给孩子喂奶了。”

“你就不会再问亲戚朋友借一借吗。”

“真的无处可借了，真的！您怎么就不相信我呢？”

“今天你无论如何也要处理这个案子，否则我就报警了。”

青青听到这里，也无法再保持风度了，背起背奶包就往外走。没想到那经理拉着她，不让她靠近门。青青气急了，心里真不是个滋味，这辈子上了大学怎么还会接触这样层次的人，简直就是一帮无赖。青青眼里噙满了泪水，她用尽全身力气往外逃。

刚走到门口，门就被经理用肩膀堵住了，青青使劲去拉门，门丝毫不动，她嘶吼着用尽力气再次拉，门也只是开了一点小缝，然后就被狠狠地关上，数次挣扎都是这样，但青青没有放弃，她边吼边骂这些人。这个时候她只想一件事情，那便是该给孩子喂奶了。她一定要出去，赶快回家给孩子喂奶。一个女人为了孩子可以做一切事情，青青一次次地使尽全身力气，有一副要拼了的状态，大喊着“孩子要吃奶了！要给孩子喂奶了！你们这帮无赖!”

但那个经理还是死死地堵着门，并且开始打电话报警。只听他对着电话说：“这里有个信用卡诈骗嫌疑人，正在准备潜逃，现在在朝阳区……”青青听到这些话语，简直恨不得一巴掌扇过去，怎么谈着谈着就成了嫌疑犯和潜逃了呢。

对方的真实面目暴露，青青最后一次趁那位经理一手举着电话的时候一把拉开门跑了出去，出去后那位“马姓男”立马跟上，想要拉住她，青青狠狠地甩开他的手，快速地走了出去。门口似乎还有人想拦着，但是看到青青气势汹汹，似乎也害了怕，最终也都没有过多地插手。

终于逃了出去，这个下午对青青来讲简直太煎熬，竟然被人关了一下午，这是她从小到大第一次体会到被软禁和被控制的滋味。

走在北京的街道上，难以想象外面的世界是怎样的繁华。这一刻，北京所有的光环都与她无关，人世间的快乐显得那么遥远。她觉得全世界都是灰色的，是没有生命的。生活如此之难，还有什么比现在更窘迫的时刻吗？

青青的眼泪止不住地流，她的眼睛直直地看着前方，来来往往的人从身边走过，她视而不见。她的心里是麻木的，此刻什么都不想，只有心阵痛，只有流泪。

回家的路是漫长的，心情沉重，脚步也沉重。

回到家中，看到夕阳的阳光照射在客厅里，家是那么温暖。回想起下午被人堵在小屋里的情景，青青的心疼得在抽搐。

婆婆看到她回来，似乎是看到了她的疲惫，盯着她看了两秒，青青怕自己的状态引起婆婆的不适，轻柔且显疲惫地说：

“我下午去 M 银行谈判了。”婆婆听后“哦”了一声马上开始准备炒菜，平时每天下班都会再晚一个小时再到家，也是青青到家，婆婆便开始炒菜。

今天她早回来一个小时，婆婆如往日一样开始炒菜。她不想说什么，任由婆婆准备吧。婆婆与她说话的时候，她真的不想张口，她无法像平时一样平复在公司遭受催收后的情绪，因为今天完全不同。所以她应了一声便回到卧室，青青坐在床边吸奶，脑海里不断地闪现下午的种种画面，想挥却怎么也挥不去，最后趴在床上哭了起来。此刻，她多么希望康泽可以在现场，她极度需要安慰，需要有个臂弯给她遮风挡雨。她无处宣泄心中的苦闷，无处诉说悲情的现实。而恰恰就在她伤心欲绝、极度痛苦的时刻，外面传来了婆婆欢快的歌声。青青在屋里哭，婆婆在厨房叮叮当当炒菜，并且哼唱着歌。

太讽刺了，生活不仅能给人痛苦，还很会给人天大的讽刺。

可那又能怎么办呢，她没法干涉婆婆的行为，婆婆也无法体会她在外遭受的委屈。

就这样，卧室里是青青肝肠寸断地哭，厨房里是婆婆开心愉快地唱。这是一个多么不和谐的画面呀，原本就内心受伤到家的青青此刻听到歌声烦躁无比，头似乎要炸了。她希望婆婆此刻能停止歌唱，停止高兴，停止一切娱乐活动。她需要安慰，需要安静。她想，如果是自己的母亲一定不会在看到她进门就不愉快的情况下还乐滋滋地唱歌；如果是自己的母亲一定会安慰地问候她一声“怎么了?”而婆婆毕竟不是亲妈，青青无法将自己的痛苦倾诉于她，婆婆也永远体会不到她的痛。

青青感到无助，感到迷茫，感到孤立无援，更感到烦躁。一路两个小时的车程本来已经让她不再像在 M 银行那样抓狂，而且在进门前尽量地调整了心情归于平静。但是此刻这极其不协调的气氛让她压抑得无处可逃，青青吸完了奶，身体疲惫，心也累，婆婆的歌声依旧响着。她无数次地想大声告诉婆婆不要再唱了，但又无数次地按捺住了那胸腔里频频上升的火苗。

青青发现，自从婆婆从老家卖了房子回来，也许是想透了很多事，心情好了很多。

婆婆的日子随着康泽与青青的资金链断裂也过得苦不堪言，这好不容易婆婆自己调节过来了，那还是让婆婆保持愉悦吧。

青青在心里又一遍遍地劝着自己，随着婆婆的歌声，青青像在念经一样，一遍一遍地重复着告诫自己不能出声，忍着。然而，怎奈痛苦那么长。不知道婆婆为什么那么高兴，她的歌似乎总也唱不完，一首接一首。青青真的无法释怀了，头上的血涌上去了又强迫自己赶紧调节下来，一会儿又涌了上去。她的每一秒钟都像是在挨刀似的，忍着，耐着，等着。此时此刻，她最希望的是能够休息，能够安静。此刻的歌声像巨大的讽刺，像一把锋利的大刀，每一个声音都深深地扎入她的心底。青青此时此刻深刻地体会到，这个世界上没有任何一个人可以代替自己的痛苦；此时此刻，在这个世界上没有任何人可以帮助她；此时此刻，没有任何人会心疼她。这世间一切的因都有果，一切的果都得自己食。

青青终于还是没能忍受住，她走到客厅，对着婆婆说：“妈，你能不能不要唱了！”她终于把在心里念过无数遍的话说了出来。

婆婆一听，歌声骤然停下了。但在停下来的同时嘴里不满地说道：“这一天连话都不能说了，太难处了，真是煎熬。”

青青原本扭转去卧室的身子，在听到这句话之时停住了。她的情绪再也忍不住了，她太委屈了，在外遭受奇耻大辱，在家寻

不到温暖，说话如针扎一般刺痛着她。

她的情绪完全崩溃了。

“怎么就不让你说话了，我今天去银行回来心情不好，你唱歌我心里越是难受，我的痛苦你能体会吗?”

“一天在家里，说话也不行，唱歌也不行，这种日子怎么过?”

“我又不是每天都这样，每天银行催款，我到家都是消化了情绪，每天不是都自己扛着压力吗。可你知道今天发生了什么吗，今天下午我去M银行，你知不知道银行的人逼着还钱，上哪里去借钱去啊，最后几个大小伙子堵着门不让我出门。你知不知道我一个下午遭受了什么？我内心很痛苦，可你还在唱歌，我的头都要炸了。”青青在说M银行的情况的时候，脑袋里浮现出在银行的画面。

婆婆听到了青青说下午的情况，但是因为都在气愤之中，婆婆并没有做过多的忍让，还一个劲儿地说：“这日子难过哟！太难熬了!”

是啊，这日子太难熬了。青青大哭着跑回卧室，大声地哭着。她要把所有的委屈都哭出来，把所有的情绪都释放出来。

这一天是青青此生刻骨难忘的一天。

银行的催收让青青意识到了一个残酷的现实：夫妻之间无论多么相爱也无法代替另外一个人去承受痛苦，此刻爱情在法律面前显得很苍白；还有，婆婆永远无法像亲妈那样毫无私心地对媳妇好，永远!

这是多么痛的领悟啊！这个领悟来源于青青自产假回来上班这段时间发生的这么多事情的感悟。钱是康泽用了的，但签字的是青青，用的是青青的名义，青青的信用。说好的是康泽还，可一旦钱还不上，银行只会追责青青，即使贷款是夫妻共同债务，但主体还是青青，一切的催收，一切的恶言谩语，最直接对的都是青青。所有的压力都直接向青青袭来，康泽受的影响大多是内心的悔恨及青青被催收逼急了之后发泄的情绪，他们俩人的痛苦终究不会是同一种感受。

这次与 M 银行的谈判很失败，双方想要的效果都没有达到。消停了两日之后，M 银行又一次登门拜访了。前台打电话给青青说 M 银行找她，青青听到此事，头皮发麻。她实在不想出去，她告诉前台对 M 银行的人说她不在，前台一听便马上领悟，说知道了。大公司的前台一定有办法对应闯前台的人，但是她和前台失策了，眼前的这个人可不是日常他们所接触的高素质商务人士，眼前这个人是个极其难缠的催款狂魔。前台拿 M 银行的人也没办法，可以不让他进办公区，但也没法赶人走。M 银行的“马姓男”电话打到青青的手机上，青青挂掉，“马姓男”就马上发一条彩信到她手机上，青青打开一看，是公司的前台，她所在的楼层是公司人事行政及老总们办公的楼层。看到彩信，青青如坐针毡，她知道，如果她一直不出去，这个“马姓男”将会一直等下去，并且说不定还会像那次一样大声嚷嚷着让她还钱。怀着极其愤怒的情绪，青青无奈地走到前台接待了 M 银行的“马姓男”。这些事情没法在公司谈，他们还是到楼下谈。掰开了揉碎了，豆腐三碗，三碗豆腐，青青已经无力再解释和说什么了。但是 M 银行的这位“马姓男”却像是抽了疯一样，一定要盯着青青想要榨出些什么来似的。一遍一遍地说着如果不还钱后果会如何，青青无力，也很烦躁。她觉得 M 银行的这个人脑袋一定有问题，这么长时间的沟通竟然还觉得她是有钱不还，眼前的这个人像个神经病一样地执着，让青青透不过一丝丝气。她无

力地看着这个人，很漠然地说："你知不知道，现在如果给我一把刀，我能把你捅了！"的确，青青此刻就是这个心情。她想"如果把这个人捅死，他就再也不会像个神经病一样地咬着我不放了。"她一点儿也不想再承受来自这个人的折磨了。

转瞬之间，往前一步是魔鬼，是深渊；转身一侧是平静，是甘甜。人在生活极度困难、情绪极度崩溃的时刻只需轻轻一推便可进入足以改变其一生的境地。

人在很多时候做了让自己终身后悔的事情大都是因为在那一瞬之间没有转换思维。那个瞬间也许决定着自己的一生，也许决定着别人的一生，命运的格局就此产生，生活的走向就此决定。

青青的可贵之处在于她总是能够在一个又一个困难、一次又一次崩溃中突围出来，而且全身而退。否则她将会处于不因欠债进监狱却因为故意伤人进监狱的境地，因为在这个下午她与 M 银行的沟通让她产生了无数次要拿刀砍人的想法。这个想法一次次腾起，又一次次被按下。她的目光直直地盯着 M 银行的人，心里做着无数次挣扎。

是佛还是魔，只在一念之间，那些念头沉于心底又浮于心尖。青青的心历经百战，每一次都在崩溃的边缘，每一次都在最后一刻调整回来。这是极其不容易的，一颗心的强大就是这样历经千番苦难而来。

也许是听到了"刀"这个可怕的字眼，M 银行的人怔了一下。对她说："总共就五万多块钱，你也用不着寻死觅活的吧。"

"我现在的确就是这个心情，如果现在手里有把刀，我肯定能把你捅了。"

"你别耍无赖，这么点钱至于嘛！"

"这钱对于正常家庭来讲是不算多，在北京这个一线城市更不算什么，可对于我现在的状况来讲，就是笔巨款，无论我怎么解释，怎么说，你们都不肯放过我，我此刻看到你就是这个心情。”青青极其冷淡地说。

也许是这种气氛让 M 银行的人万万想不到，沉默片刻后 M 银行的人改变了语气。这次那个趾高气扬地让青青出示身份证的男孩也来了，他见沟通出现了僵局，换了个风格前来。这一次，这个小伙子再也不像第一次那样凶狠，倒像个乖巧的小羊羔，有礼有节地与青青说着话。青青看到了这种变化，心中感叹，原来他也不是那么恶劣的一个人嘛。

“如果你上次在你们单位能像现在这样说话，那也不会出现后面的不愉快了。”

“上次的事情都过去了。”小伙子避而不谈，也不承认上次他的过失。因为在他们眼里欠款的人都如软弱的、随意可欺的羔羊。

“我现在确实没有钱，你看我这衣服都是怀孕之前买的，现在已经很久没有买新衣服了，我的情况给你们说过一万遍了，真的没有话再说了，你就是天天来，我也变不出钱来。”

“姐，我们也知道你不容易，但这也是我们的工作，您看我们手里的单子就这些，每个人每个月就跟踪这些单子。没有结果，我们回去也没有工资，大家都不容易。你尽量凑，我们回去跟经理说让把上次说的那个‘先交两万，剩下的做成分期付款的方案’再保留两天，这个方案是我们从来没有见过的，我们经理很少给人出这样的方案，一般的减免都是很少的，这个机会还是希望你抓住。”这是 M 银行的人第一次说出有些人性化的、推心置腹的话。

青青也知道那是他们的工作，知道按照减免申请的方案进行

是会好很多，但那是对于一般人来讲的，或者说对于没有负债的青青来讲那都是小事一桩。但对于她现在的境况，真的无法解决。最终这天的沟通又以无结果而告终。

然而，M 银行的人怎么会放过她呢?

仅仅过了两天，“马姓男”的电话又打过来了。青青正好走在北京大学东门的马路边等公交车，接听电话方便，就接通了电话。

“祝青青，请问你的钱准备得怎么样了?”

“目前还没有。”青青对这个人的忍耐达到了极限，一听声音就满肚子的火。

“我们经理不是给谁都做这个申请的，一般人还没有这待遇，你抓紧时间多想想办法，这样对你也好，对大家都好，你也不想我天天给你打电话吧。”

青青实在无法理解这个催收人员的思维，她一遍又一遍地揭开伤疤，耐着性子推心置腹地告诉他境况，可他还是认为她有办法。青青的血液瞬间涌到了头顶，再也忍不住了，彻底爆发了。

“我说过多少遍了，你怎么就不相信呢，你脑子是不是有病啊?!”

“祝青青，你嘴巴干净点，我今天可没说你什么啊，你脑子才有病呢。你就仗着你现在还在哺乳期是吧，你要不在哺乳期，你看我今天非拘了你不可!”

“你是神经病吧，你如果不是神经病怎么给你说的你都无动于衷呢，就数给你们银行说得多，就你们不依不饶。尤其是你，盯着我就要把我逼死是吧？我还不还钱跟我在不在哺乳期有关系吗？难道我不在哺乳期就立马能变出来钱吗？你这么不动脑子的逼债有意义吗？你除了要把我逼死，还能逼出来什么呢?”

“我什么时候逼你了，我只是进行着我的正常工作，我怎么逼你了，你这个疯女人怎么这样？你欠银行钱不还你还有理了，你想要臭无赖是吧？”

“你简直就是脑子有病，你就是个傻子。我是不还吗？我每个月多少都在还着吧。我给你说了多少遍家里的情况，我要是有钱能不还吗？你说的是我有钱不还，可我有钱吗？还说我有房子，你给我找出来，现在就卖！你简直就是脑袋有问题！”青青把长此以往积累的情绪在这个公交车站都发泄了出来，她认定这个催收即使不是神经病也是脑袋一根筋的人。她顾不了什么仪态，顾不了路过的人怎么看她。中关村大街上车来车往，路上嘈杂的环境让青青有了要发泄的欲望，她太压抑了，长久以来被 M 银行欺负的画面一副一副地闪现在她的脑海当中，青青第一次骂了人，骂得真是爽。M 银行的人也很意外，他料不到青青会骂人，也许青青真是他催收客户中最容易找到，也是态度最好的，所以也是最常被催的。

“你这个疯女人，你还骂人，你欠钱你还有理了，你才是傻子呢，你们两口子都是傻子！”

“没见过你这样的人，脑子装的是什么，你长脑子了吗？”

“你说话文明点，你不还钱我就天天找你，我就不相信你不还。就你这种不讲信用的人，就活该这样，没有人同情你。活该，你脑子才有病呢！”

……

就这样对骂开始了，青青扯开了嗓子地骂，骂到嗓子沙哑。M 银行的人也急吼吼地骂。骂人的话就那些，怎么恶毒怎么说，怎么让对方难受怎么说。青青也管不了那么多，骂吧，好不容易不在公司附近接这类电话，偌大的北京，谁认识谁呀。

骂了二十来分钟，青青气得头上直涌血，实在没法再说话了，挂断电话躲在公交车站后面放声大哭。

青青想不到上了大学还过这样的日子，那些高端的商务楼，职业小高跟鞋，智能化的会议室，高端的行业会议，业内著名的专家，五星级酒店……这些像海市蜃楼一样出现在她的脑海里，她原本应该是过着那样的生活，可现实呢？现实却是被一个男人这样辱骂，辱骂得如此难听。让她更为难过的是她也像一个泼妇一样在大街上丝毫不顾形象地大声说话和骂人。这是青青难以想象的，这不是她预想的生活，这种画面怎么会出现在她身上？这在青青心里简直不是与她一个阶层的人该有的生活。青青大哭，边哭边埋怨康泽，都是康泽，如果不是康泽毫无止境地投资，如果不是康泽不顾劝阻地投入，她怎么会沦落到今天这种地步，青青拿出电话便给康泽打过去。

青青这边上演着催债大戏，但康泽那边毫无声响，关了以前的手机，谁也找不到他。

康泽很平静地接起了电话，听到此处，青青心里更不是一股滋味。

“你在那待得倒是舒服得很呢！所有的电话都打到我这里，催钱都催我，上门也上我公司的门，丢人也是我丢人，你倒好，天天风吹不着雨淋不着的。”

“老婆，你怎么了，又是哪家给你打电话了。老婆对不起，你骂我吧。”

“你当初脑子有病吧，我让你停，你为什么不停，现在欠了债都要找我要，你躲起来倒是舒服了。现在天天让我难受，你为什么当初不停，为什么不停？啊？我问你，啊？啊？啊？”青青吼出了全身力气问，脸上的青筋都快要爆出来了，她想到今天所受的屈辱，想到那个男人骂的话，她烦躁无比。

“老婆，我也不想这样啊，哪个王八蛋又给你打电话了，你告诉我，我带着刀去把他们砍了。”康泽哭腔着说。

“砍了有用吗？砍了有钱吗？砍了你还要坐牢，你脑子有病吧！”

“老婆，说真的，我不想让你承受那么多，但我们现在的情况确实就是这样，你再多给我点时间，让我好好去赚，你相信，我们一定会赚到的，你的命好，我的命也不差，我们一定会赚到的。”

“命好还天天被人骂？我快受不了了。你赶紧想办法，今天又是 M 银行，又给我限期几天几天，我一听到这些我就要爆炸了！”

“M 银行这帮家伙，欺负我老婆！就数给他们还得多他们还这样。老婆，老公对不起你。他们就欺负你好说话，工作稳定，所以就故意上门，老子在北京一定跟他们打起来！”康泽听到是 M 银行，咬着牙，从牙缝里说出了这段话。

“M 银行的那个神经病男的跟我骂了一仗，但是还是一根筋那样地让我把上次去谈判时候的方案赶快执行了，又给我限期三到五天时间。”

“老婆，你先别生气了，跟那些人别置气，你越生气他们才越高兴呢。他们一天找别的债务人都找不到，找你一找就找到了，他们当然盯着你不放了。别哭了，擦干眼泪早点回去吧，宝宝在家想你呢，想想咱们的宝宝。她可希望妈妈漂漂亮亮地回去呢。”

听到宝宝，青青立马想起了女儿可爱的小脸，胖乎乎的小手。她的情绪平稳了很多，擦干眼泪转身走向车站。

“好吧，刚刚我被 M 银行的那个神经病气的，对你说话也不好，你也不要生气了，那我就回去了。”

“好的，老婆，你高高兴兴地回去吧，别想那么多了。车到山前必有路。老公就是用命去拼也不会让你有事的。”

青青心中泛起一丝甜蜜，康泽经常这样说，虽然她并不是要让康泽真的用性命去做什么，但是每当康泽说这样的话的时候她都知道，康泽的心里装得都是她，为了这份情，她感到满足。这是以 M 银行为代表的催收进行的日常工作和对话，每天都有十几家轮番轰炸青青。日子就这样一天天地挨着，有一个周日，青青带着孩子与婆婆去参观一个保健品的基地，她在大楼前抱着孩子拍了一张照片。看着照片，青青简直不敢相信，这真的是自己吗？她只觉得衣服变得宽大了，但是没想到腿竟然那么瘦。她从小就是肉乎乎的小姑娘，很难瘦下来。但此刻，看到这么细的腿，她忍不住发到朋友圈晒一下，标注“原来我的腿也可以这么瘦啊”。

这是拜一家家银行、一个个催收人员所赐，让青青在不知不觉之间实现了从小到大一直想变瘦的梦想。

看着照片，青青苦笑着。原来自己梦寐以求的瘦是需要付出如此大的代价，如果一定要如此，那她宁可待在“微胖界”过正常的生活。此时此刻，她所奢望的生活依旧是月薪五千元，没有负债的小生活，这种生活对此刻的青青来讲简直就是天方夜谭，是奢望，也是理想。

青青调侃地把她变瘦了的这个消息告诉康泽，康泽听了高兴却心酸，高兴是因为青青好久没有这么快乐了，这份快乐感染了他，心酸是因为他知道她的瘦是身心遭受折磨的结果。

康泽走在另一个城市的街头，仰起头让泪水缓缓流下。泪是苦涩的，生活也是苦涩的。此刻他后悔了曾经执迷不悟地刷卡套现，他后悔曾经像着了魔一样地贷款。如果生活可以重新选择，他告诉自己一定不再这样。他的那份自负荡然无存，他的内心在忏悔，更在深深地谴责着自己。对于现在的家庭现状康泽丝毫没有能力去改变，他不敢再去奢望给家人带来曾经想象的富贵生活，他只希望家庭和谐，家人平平安安。此刻他期盼最为普通的生活，盼望一日三餐有家人相伴。他悔悟自己是个不称职的丈夫、不孝顺的儿子、不尽职的父亲。他的内心极度痛苦，每天都在接受着良心的谴责，他难以想象青青是如何去应对一次又一次催收的。青青在面对催收，他在煎熬，他的心像被旺火在烧。他双手捶胸，仰天长叹，发下誓言：一定要让青青过上好日子。

第三十二章　女儿周岁

转眼，女儿果果要满一周岁了。

青青是个仪式感很强的女人，喜欢热闹的气氛，喜欢节日的欢快，她注重生活里的品质，女儿又非常乖巧可爱，所以她与康泽早就商量好给女儿过个周岁生日，给家里也增添一点儿喜庆的气氛。

生日前一天，是个周六。青青与康泽带着女儿去拍了周岁生日照，这是她花了好几天时间在网上搜到的艺术照，团购价 169 元，在网上再也找不到比这更便宜的周岁艺术照了。但就为了这一百多块钱，青青在脑海中也是挣扎了又挣扎。看着手机短信里的余额显示，她盘算着，也为难着。这对于别人来说可以不当钱的钱，对于她的生活来讲就是一份较大的支出，所以她恨不得要把整个互联网都翻遍了，一定要找二百元以内，性价比最高的。

青青想："如果不给孩子拍照，以后长大了可就找不回一岁时候的样子了，条件再困难也得咬咬牙把这个女儿来到人世间的第一个生日给过了，不留遗憾。几百块钱对于现代的家庭算什么呀，每个月给各家银行都要还至少几百块，就不能给女儿过个生日吗。"

女儿长得可爱，照片拍得效果还不错，只是因为康泽长期不在家，女儿只认青青，拍照的时候几乎不让她离开。

拍完照片在选照片的时候，摄影师问青青需不需要给宝宝做个 Flash 的相册，做成动态的很美的动画，加二百元就可以做好。青青看了样例，非常棒，非常想做，但是她知道这二百元不能再花了，所以无论摄影师怎么说，她与康泽都一口否定。摄影师用难以理解的眼神看着她，青青难为情地说："现在情况不乐观，抱歉。不是我不喜欢，我觉得把照片做成那样的挺好，你们后期处理的水平也不错，但确实现在情况不太乐观。"说完，她露出一个歉意又无奈的微笑。摄影师又惋惜地看向康泽，正在此时，青青的电话又响了。

一看便知是 Y 公司的催收电话，正好康泽在，青青想着接了电话如果她说累了直接给康泽，让他去直接面对。

因为有外人在现场，青青刻意慢条斯理地与对方通话。

"现在确实处理不了。"

"那你什么时候能处理，你这也拖了这么长时间了。"

"真的非常抱歉，之前也给你们说过很多次了，现在确实没法处理。"

"没法处理，那你问亲戚借啊。"

"你说的那些方法都用过了，现在人家都不接电话了，真的是没有办法了。资金链断裂了。"

……

这种电话只要你不说出个解决方案，对方很难主动挂电话的，青青看着一直在此处接电话也不行。摄影师还一直与康泽说着照片的事情，她最后加重语气以不方便接电话为由挂了电话，然后把电话设成静音，Y 公司还像往常一样发疯了似地打，而青青这边全然听不到。

见青青结束了通话，也许是听到通话内容，摄影师又提了一

次做 Flash 的优惠，摄影师说这是她从业以来给客户的最低价。但再怎么优惠青青都婉拒了，因为再优惠，对于她来讲也得多支出一百多块。能拍个艺术照已经是她很奢侈的决定了，她已经非常满足了，对于女儿来讲，青青无憾了。

第二天，女儿的生日来临，是周日，没有任何骚扰。女儿是青青的精神支柱，正如母亲所说：“幸亏有了孩子，你这要再没有个孩子可怎么办呀，平时孩子还能给你带来一些安慰，分散你的注意力，没有孩子你一个人回到家怎么能承受得住呢。”

是啊，幸亏有了女儿。想到这些，青青心中掠过一阵悲哀。心中感叹，这哪是现代人过的日子呀。

女儿是晚上出生的，生日也在晚上过。白天怎么过呢，总不能还去逛公园吧。一大早起来，青青就给女儿换上了在网上买的公主裙。看着女儿穿裙子的样子，真是清秀可爱，女儿一岁了。一年前的现在青青羊水先破，正在准备去医院呢，这一年过得好漫长啊。都说女人生孩子的第一年是一生中最苦的时光，可谁能想到青青的这段时光如此清苦，上天一定是把此生所有的苦都集中在了这一年吧。

想到这些，青青下定决心一定要让女儿过个愉快的生日。最后她决定白天带女儿到游乐场去，花费少，孩子还玩得高兴。就这样，康泽与青青带着女儿在梦幻游乐园玩了大半天，女儿是头一次到这个地方，各个区域的玩具让女儿兴奋不已，积木、小木马、职业角色扮演、跳跳垫、海洋球、滑滑板、小汽车……果果玩得爱不释手，甚至过了午休的时间都不肯让青青抱，精灵一般的小人儿一定是怕青青把她抱回家吧。看着女儿扶着一面小墙，忍着宁可让上下眼皮打架也不肯休息片刻的情景，青青发出轻笑，她缓缓地抱起女儿，告诉女儿该吃奶了。女儿也许是太累了，没再挣扎，青青抱她去了商场的母婴室，果果狠狠地吸几口奶后渐渐地放开了奶头。这孩子玩得太累了，也太饿了，在商场里，顾不得吃东西，顾不得喝水，一遍一遍地玩着她喜爱的玩具，感受着商场和游乐园的氛围。

看到女儿的样子，青青为她玩得彻底而感到高兴，想起女儿不舍得睡觉的样子，青青觉得可爱又心酸。现在与她一样的白领阶层，有几个生了孩子不带孩子去梦幻乐园的呢，又有谁能把日子过到算计这几十块钱的地步呢？但是转念又一想，虽然没有钱，虽然欠钱，可一家人还算健康，一家人还能团聚，这是最重要的。幸福中带着酸楚，酸楚中又伴随着幸福。

晚上，康泽的表妹专程赶过来给果果过生日。一家人为女儿唱了生日歌，吹了生日蜡烛，又举行了抓周仪式。只三次，每次果果都是拿了东西就走，又快又准，大家都在赞叹这个小姑娘以后办事一定是干脆利索的风格。

热热闹闹地过完了生日，家里的气氛有了一些转变，每个人都发自内心地高兴，每个人都沉浸在生日的气氛当中，这个家庭已经很久没有这样的氛围了。这晚，青青睡得很轻松，她已经很久没有这么轻松地入睡过了。

她感恩女儿。

第三十三章 警察驾到

周一，青青踩着轻松的脚步迈入办公室，似乎找回了她往日的风采，她的内心充满了力量。

青青坚持响应国际卫生组织的号召，给孩子母乳喂养到两岁，中午吃完饭，她开始了当天的第二次吸奶，准备吸完奶投入工作，还有两份标书等着她去看，新一年的项目立项材料也需要准备。

正当青青在享受吸奶时光的时候，母婴室的敲门声响起了。

"青青，你在里面吗?"领导的助理问道。

青青心中一惊，难道有什么重要的事情? 平时助理有事情都会等到她吸完奶出去再沟通，但今天怎么?

"我在，正在吸奶。"

"哦，你吸完奶出来一下吧，有人找你。"

天呀，又是谁找我呢? 青青心想，她预感到事情不妙，赶快结束吸奶，收拾完毕走了出去。

青青保持了一上午的好心情就在助理敲门传话的同时消失了。而此时，她不知道的是今天将是她长这么大以来最屈辱的一天，相比较 M 银行的堵门事件而言，这才是扎心入骨的疼痛、颜面扫地的屈辱。

跟随助理走到前台，她紧张地提了提气。天呀，这是什么状况。她的领导裴总，人力资源总监，人力资源经理，行政经理，前台接待，全部站在前台旁边。看着裴总凝重的表情，人力资源总监关切的眼神，青青忐忑地迈进人群之中。公司前台那片空地站着一名警察，两名辅警，那名警察仰起头淡然地看着青青，问道："祝青青是吗？你终于出来了。我看你们公司领导都挺护着你的。现在有人举报你涉嫌信用卡诈骗，跟我们走一趟吧。"

青青的脑袋一片空白，这不是电视里的词吗？怎么会出现在现实生活中？这是怎么了？她睁大了眼睛四处看着，怎么会这样？她不相信眼前的这个人真的就是警察。

"谁举报的，你是哪家银行？"

"我是派出所，不是银行。你别管是谁举报的，自己的事情自己还不了解吗，哪家银行你还不知道吗？"青青面前这名瘦瘦的、短平头的男人拽拽地说道。

"我不知道，几乎每家银行都说过类似的话，我不知道你说的是哪家。"青青面无表情地说着，她觉得这不可能是警察，肯定是哪家银行的人冒充警察来吓唬她，她一下子记起来M银行的人曾经对她说过有一次带着警察过去没有抓到她，因为她不在公司。她把这些事情告诉康泽，康泽说这都是银行吓唬人的，别相信，她也就没有相信，她也意想不到警察真会上门抓人。她不想当着这么人的面来说这些事情，她只想尽快知道是哪家，然后赶快与对方取得联系，或者与眼前的这三个人下楼去谈，这么多人实在没法过多沟通。

"你说你是警察就是警察吗，你有证件吗？"青青不相信地问道。

"嘿，我说你看起来也是个有知识有文化的人，怎么这么顽固呢，本来早就可以拘你了，知道吗。现在你看你是自己跟我走

还是要我用手铐铐着你走?”说话的同时,短平头拿出了证件出示了一下。

此时人力资源总监看到青青的状态,总监很担忧,对青青小声说道:“青青,这确实是警察,在你没来之前我们就已经沟通过一番了,身份是不用质疑的,上次就来过一个警察,咱们有同事的爱人也在公安局工作,我也咨询过,上次来的也是真警察,证件我们都核实过。现在你就看能否争取协商解决这个事情,能不去尽量不去。我们刚刚与对方沟通的结果是一定要等你出面亲自解决,今天这已经是第三拨了,前面两家一个是 M 银行,那个人咱们前台同事都认识,另外一个好像是 N 银行,这家倒是没说太多话,这两家你们助理和前台帮你挡了。但是现在来的是警察,那会儿我和你们裴总出面都不行,我们刚刚已经说了很多好话了,请人家到会议室人家就是不去,你要冷静想好怎么应对。你知不知道今天来的都是有备而来,今天是你刚过哺乳期工作的第一天,在很多事情面前你已经不受法律保护了,这些银行都是盯着这一天的,可能人家早就等着你过哺乳期呢。事情既然发生了,你要沉着应对。你放心,公司会在最大范围内对你进行保护的。”

听了人力资源总监的话,青青的心忽然下坠。三家,天呀。此刻她已经顾不上颜面,顾不得丢人了。只想着怎么解决站在前台的一大帮人,她终于明白了裴总的眼神里蕴含着的意思了,那是关切、担忧还有无助。

青青真想不到是哪家银行会举报,刚开始以为是 M 银行,就一直在问是哪家银行举报,她想如果是 M 银行,她一定狠狠地骂死那个男人,她要找到他的家去质问他,为什么那么恶毒要把她逼上绝路。可 M 银行走了,青青想不到是哪家,警察也死活不说，一个劲儿地催她赶快走。局面僵持不下，期间裴总一直帮着青青说话，警察油盐不进。

人力资源总监也说："警察同志，祝青青是我们公司的员工，您看正上着班您把她带走，我们作为公司也担心员工的安全，还请您理解。您看这样行不行，如果有什么问题在公司里沟通，现在马上安排一个会议室，然后你们在会议室里谈。"

裴总也跟着说："就是，就是，您看这么热的天，你们几人也辛苦了，到会议室喝杯水解解渴，您跟祝青青好好谈一下，争取在这里能解决的就这里解决了，这人要是带走了，我们也不放心。"

"祝青青，你看你们公司领导对你多好，我逮了那么多人，还没见过这么维护员工的领导呢，看来你在公司干得还不错。你们公司这么大，应该也是知道法律常识的，我今天不是过来跟你们协商什么，我没那个闲工夫，我接到了报案就肯定要来，我是来带你回派出所的。你们领导在你没来之前就跟我说了一大堆了。你来了又问这问那的，这时间都让你们耽误了，按这个耗法，我一天能干几件事情？"

"你告诉我哪家，好让我心里有数啊。"青青说。

"我有必要告诉你吗？到了你就知道了。赶紧走吧，你是要我给你上铐子是吗？我看你是女同志给你留面子，你要非得上铐子，我这有。"警察已经有点不耐烦地说道。

"警察同志，您看祝青青是个女同事，我们真的也是出于对员工人身安全的考虑，她毕竟是经济上的问题，并不是其他刑事问题，如果能在这里谈我们马上开会议室，您看……"人力资源总监又一次职业又温柔地提到。

"你们也是大公司，懂法律，如果你们再拖下去，我可以说

你们妨碍公务。祝青青你是要我铐你走是吗?”短平头警察冷冷地说道。“青青，警察这样说，公司层面没有办法再拦着了。看样子今天他们料定你在公司，是一定要带你走了，对方是算好了日子来的。你可能逃不过，得去一趟了，你再说不去可能情况更严重了。”人力资源总监拉青青到一边关心地说道。

青青看到眼前的情况，她恐慌，她感到害怕。可她也知道她今天逃不过，警察等着她，一定要带她走。青青的表情麻木，眼神空洞，她太无助了。

“青青，看样子是得去一趟，我陪你去。”裴总关爱地说道，并给了她很坚定的眼神。

警察又一次催促，青青忍耐着心中的闷火，克制着自己，对警察说:“你们等一下，我去母婴室收拾一下我的东西。”

人力资源总监也赶快补充到:“对，警察同志，稍等一下，让祝青青收拾一下。”

随即青青走进公司办公区，人力资源总监紧接着叫青青到她办公室叮嘱了起来。

“青青，你的事情几个月前我就知道了，专门因为你的事情我询问过你的直接领导裴总，裴总非常信任你，每次我问他的时候他都是力保你。我们是人力资源部门，最了解你具体情况的还是用人部门的领导。既然裴总这么挺你，自有他的原因，我们也希望我们的干部能够在公司发展起来。而且我看你也是公司连续两年的优秀员工，也是为公司做了贡献的老员工。所以，人事和行政这边之前就专门讨论过对你这件事情的应对方案。公司要保护我们员工的人身安全，你在公司肯定是安全的。但是今天这样的情况，我们也控制不了，后面的事情还得你去面对。青青，你是个非常优秀的同事，我们也非常不希望我们的干部因为个人的事情而掉队，但是公司也有公司的制度，这件事情你一定要处理好，一旦涉及刑拘，你与公司的劳动合同会自动失效。所以你一定要想办法解决眼前的问题。如果你的工作丢了，你的房子怎么办，你住的还是公司的房子，你孩子那么小，家里还有老人，这一家老小住哪里……”人力资源总监一番热切、关心、肯定又职业的话，让青青感到暖心和感动。她为能在这样的公司感到庆幸，她为能有这样好的领导感到温暖，她暗下决心一定要好好跟随裴总打下事业和江山，此生跟定裴总，为裴总效力。

因为警察在外面等候，青青与人力资源总监快速地交流完之后就去母婴室拿了背奶包，到工位关了电脑赶快到前台。

临走前裴总提醒青青要不要给家里打个电话，让家里人也去派出所，万一有什么事情好接应。青青思虑几秒，她很想给康泽打电话，但是她怕康泽一出现警察把他也给抓了，最后只能给婆婆打了电话。

“妈，你现在赶快去海淀的一个派出所，警察要带我走。”

“你说什么？”婆婆还在用方言回应。

“你现在赶快去海淀的一个派出所，今天来了三拨人找我，现在几个警察要带我走，你把孩子安顿一下，让邻居李叔叔先看着，你赶快去派出所。”

“哦，哦。你说让我去是吧。康泽是不是能去。”

“他现在不适合出面，你赶紧收拾出发吧，我现在坐着车就走了，地址等下给你发过去，你赶紧去。”青青压着火对婆婆说道，这时大家已经出了公司大门，走到楼道中间，婆婆还在跟她扯这些，青青憋气。公司很安静，青青很无奈地对婆婆说着这些她一辈子都不想听的话，心中的烦闷在电话里小小地发泄了一下，她生气婆婆为什么偏偏在这个时候反应迟钝，还讲条件。

“哦，我不知道在哪里，怎么去呢。”

“你打车去，坐公交来不及，一定记得打车去，地址马上发给你。”青青问警察要了地址发给了婆婆。

说完这些话，她与裴总、短平头警察、两名辅警下了楼。看到楼下停着一辆越野式的警车，青青被“请”了上去，靠着窗户坐。裴总默默地守候在她身旁，过了五道口的堵车路段，车辆行驶上四环。车速变快，车窗外的景色一略而过，车很舒适，可这却是警车，而且她作为犯罪嫌疑人的身份坐这个车。青青内心极其难受，她侧头向外，眼泪止不住地流。似乎天下所有的悲伤都集中在了这段路上，否则怎么会流那么多的眼泪。她的心已经疼痛到了极限，这种极限是心痛到麻木的感觉，对外界的一切事务都感到麻木，马路是假的，高楼大厦是假的，路上的行人似乎也是假的。青青的屈辱感也达到了尽头，她努力地控制着自己在发抖的肩旁，尽量让自己不要发出声音。一个坐姿保持了一路，没有发出一点声音。哭了一路，她明显感觉到那天在这段路上眼泪流下的速度要比以往快很多。

“为什么这样的现实要让我面对，这么丢人的事情竟然一件件地就发生了，警察都来了，而且警察说的是逮走。在警察眼里，我就像只兔子，说逮就逮了。毫无人格，毫无尊严可言。我发誓，今生今世我再也不要有这样的经历，再也不要！康泽你为什么不处理好这些问题，为什么要让我去面对？欠了那么多钱，压力我面对，在公司抬不起头的是我，还欠公司领导的人情，我的人生为什么过成了这样……”一路上，青青想了很多，泪水不停地流。

青青悔恨难耐！如果上天再给她一次机会，她一定不会再帮康泽去贷款，一定不会再帮康泽刷信用卡。无论康泽说什么，无论康泽多么爱她，她都不会再以她的名义去做这些事情了。一定不会！

一路的沉默，一路的泪流，一路的难熬，终于到了派出所。

警察把青青带进办公区，让裴总在大厅等候。

以前去派出所是办户口，现在却是以犯罪嫌疑人的身份来派出所。青青忐忑，但现实逼迫她只能独自面对，在车上的那段路程，虽然青青与裴总没有过多交流，但却不曾感到恐惧，她除了感到痛苦难耐之外还能感受到来自裴总给她的一份安全感。而现在，这份安全感随着那道铁门的关闭消失了。青青被带到一个房间里等待，等待是煎熬的，接下来是什么程序青青未知，她只有像个小学生那样乖乖地等着。等了大约半个小时，那个警察进来带她到了另外一个房间，让她采集信息做笔录。做笔录这个词，青青经常在电视上听，她吓了一跳。她跟着一个辅警，小心翼翼地开始了采血和登记，即便她看出来那辅警也就二十岁左右，但也万般小心地沟通着，似乎生怕哪句话惹他们不高兴。没想到进派出所要这么详细的信息，要采血，还要站在一个仪器上左照，右照，青青也不知道是在做什么，只是感觉走这些程序都花了很长时间，她在想难道她是重要案犯？还有人问她要身份证，并且把包里的东西都登记了一遍。一系列信息采集完，手续登记完，她被带到了一个警察面前做笔录。

青青紧张万分，生怕哪句话说错了。做笔录的警察晃动鼠标打开电脑，半天电脑打不开文档，有些着急。青青听到了电脑的问题，主动说了几种排查方式，没一会儿电脑又恢复了正常工作，虽然青青的方法没有帮上忙，但是这个互动却让她放松了不少。

“其实，警察也是正常的人啊，他们也有生活的一面。”青

青想。

旁边的警察一项一项地问着，青青积极地回答着。其中问道关于欠款偿还的问题，青青说了很多曾经给银行说的话。警察总结了一句反问她："就是说你是有意偿还，以后会还，是吧？不是故意不还。"

"是的。以后有钱了要还，一定要把银行的钱还了。"

……

一系列问题问完之后，青青感觉轻松了很多，她感觉终于有个人可以听进去她的解释了，她相信警察一定会帮她协调的。录完口供，她又被带到一个房间。带走青青的那个警察来过一次说让她与银行协商，一问才得知，是 F 银行报的案。青青暗想，这个银行可真是狠，不哼不哈地就来这么致命的一着。

青青在等待的时候给康泽打了电话，告诉了康泽她在里面的情况。康泽此时在派出所外面焦急万分，看着心爱的人被带进派出所，而他却不能为她出头，康泽恨不得进去的人是他，可是他也欠 F 银行的钱，他不敢露面，只能远远地看着、看着。婆婆过去的时候青青不知道，后来康泽说他过去一会儿就让婆婆回去照顾孩子去了。

警察让青青与银行协商，可没有钱怎么协商呢。她以为录完口供就可以走了，但是没想到警察再次进来，告诉她拘留超过二十四小时直接转为刑拘。刑拘，天呀，这个词，人力资源部总监说过这个词"一旦刑拘，劳动合同自动解除。"这可不行，可怎么办呢，青青焦急万分，看着电话，实在想不出能问谁借钱。

快五点了，青青又该吸奶了，她说明情况请辅警找了个房间，边吸奶边想办法，可一直也没想出办法。吸完奶后警察又来了一次，说裴总有话给她说。

青青在里面完全不知道外面什么情况，只见裴总也已经略显疲惫。裴总抓紧时间给她嘱咐："青青，现在什么进展？怎么处理？"

"警察让我和银行谈判，让尽量今天解决，拖过二十四小时就变成刑事拘留了。"虽然这样说，但是此时青青还异想天开地认为她在给孩子喂奶，派出所从人性化的角度考虑都应该在晚上会让她回家。

"时间也不早了，这么僵持下去也不是个办法，我给你交个底，等下你跟银行谈的时候心里好有个数。我这边可以先借给你两万，随时可以给你。这个底交给你，你就跟他们谈，争取早点谈完早点回来，我看你老公刚刚来了，这边有人我就先回去了。你别害怕。"

青青感动万分，谢过裴总后第一时间联系之前的那个警察商谈。

等了将近一个小时，天快黑的时候，银行的人来了，来了两个人。青青从来没有见过这两个人，三人在派出所里进行了艰难的谈判。在这种情况下青青是被动的，他们提出的条件青青如果不答应就意味着她只能在派出所过夜，而且极有可能变成刑事拘留。看着这个局势，青青一再地哀求，指着背奶包希望对面的两个大男人能大发慈悲。果然，稍胖一些的男人出去了两分钟又回来了，对她说可以减免一部分，虽说是极少的一部分，但是这对青青来说就是极大的慰藉啊。最终双方约定次日还进去一万块，剩下的八万多在十月中旬，也就是两个月内一次性还清，并且让青青出具困难证明以作减免之用。青青记下了各项注意事项，对举报她的这个银行的催收人员表示感谢，为了顺利出去，此刻只能感谢，毕竟那个胖胖的男人给她减免了几千元的滞纳金。青青

还是带着感恩的心去面对眼前的这两个人。虽然在谈完还款方式，她再次签字画押之后听到了那个打给派出所所长的电话很气愤，但是她还是得感谢。因为青青此刻犹如一只弱小的蚂蚁，她的任何反抗都会引来让她彻底跌入深渊的举动。她此刻太脆弱了，为了出去，即使是面对仇人也要说感谢。

果然，在代表F银行的那两位催收人员给派出所所长打完电话之后就有人就告诉她可以出去了，青青没事了。

走了？青青大概想明白了整件事情的来龙去脉，银行的催收原本就认识这个派出所的所长，而且所长也知道青青的案子。他们有没有合作？青青不知。

青青出来了，看到康泽在派出所门外失魂落魄地徘徊。青青气他，恨他，也心疼他。看到自己的男人这般的模样，像失了魂一样地游走，青青心疼。

康泽用力地抱着青青，询问着情况。因为后面的时间比较紧张，青青一直在谈判，没时间与康泽沟通，所以他并不知情。

得知裴总这两万块钱的帮助，康泽对裴总大大赞扬并且说着感恩的话。两人坐着公交回家了，这一天过得真是惊心动魄，多亏了裴总的鼎力相助才解决了这个窘况。

晚上到家，婆婆听了他们的叙述后愤愤地说道："这些银行，发卡、贷款的时候都积极得很，生怕你不要。等还不上款的时候就立马变脸，打几次电话知道你还不上就马上找些催收公司来往死里逼人。银行觉得谁还不上就不要发卡，不要给贷款嘛！动不动就报警，动不动就把人往监狱里送，像你们这样都年纪轻轻的，只要送进去一个，家就毁了。银行的钱呀，我看真是沾不得！"

这次的"F银行事件"对康泽全家是个极大的警醒。

第三十四章　派出所归来

第二天，青青抚平心中的伤痛去上班了。十点钟，又到了吸奶的时间，去往母婴室的路上要经过人力资源总监恭欣的办公室。她刚走过恭总办公室的门口，就被叫进了办公室。

“青青，昨天的事情最后是怎么处理的？你怎么今天还在公司？”恭总焦急地问道。

“昨天最后协商解决，谈了一个还款方案，两个月内还完。所以今天我来上班了。”

“青青，我真不能理解你，事情都这么紧急了，我觉得你今天应该是去全力处理这些事情，至少你应该去咨询专业的律师，要用法律的手段来解决问题并保护自己。我认为你今天应该是在忙这些的，你的这个事情不是一家两家的问题，就我知道的都好几家了，而且仅仅昨天一天就三家上门。这不仅对于你影响不好，对于公司来讲恐怕影响也不好。不清楚状况的同事会猜想公司到底怎么了，为什么会来这么多警察。青青，人生无论发生多大的事情，咱们都要积极面对，以最快最好的方式去解决。你是个优秀的同事，这件事情我相信你也能处理好。但是今天你真不应该出现在公司，你至少应该详细地去咨询一下律师，让律师以专业的角度针对你和你爱人现在的实际情况给出法律方面专业的解决方案，甚至在一定的情况下我觉得你们有必要请个律师。总

之，无论如何，你今天都应该第一时间去忙这些事情，而不是在公司！”恭总焦急又语重心长地看着青青说道。

青青心里五味杂陈，她现在哪里敢不上班呢，如果不上班就得扣工资，扣了工资那就会影响到她B银行的还贷。所以即使昨天发生那样的事情，今天她还是得抹平了伤痛继续来上班。可恭总说得确实也对呀，现在已经过了哺乳期，危机时时刻刻都会来临。最后青青还是万般感谢恭总之后与裴总沟通请假的事情。

裴总听后也非常支持，鼓励她积极面对。在青青临走前裴总寓意深长地说：“祝青青，放心，有我在！我永远做你的后盾，我不会让你进去的。”

青青震惊了，她感动得几乎要流泪了，此刻她的内心有一股力量缓缓地升起，这是在相当长一段时间内她所没有过的感受。这是一份安全感，是的，安全感。她没想到，在她最困难的时候一直是自己的领导在无私保护和支持着她。并且给她打了一针强心剂“我不会让你进去的”，多么霸气的一句话，青青感动不已。

想起来领导的助理说过的经常有电话打到她那里，想起来恭总说数次与裴总沟通这些事情，裴总都非常坚定地说：“祝青青没问题，我保她！”青青非常清楚，作为资深人力资源总监，简直有太多的办法让她主动离职，但是现在，整个公司都在为她想办法。青青决心一定要快速处理这件事情，让关心自己、对自己好的人都能够有所慰藉。青青下定决心，这次要靠自己的力量开始扭转局面，她决定不再一味地等待康泽赚大钱了。她要主动出击，她要为自己负责，进了一趟派出所，青青明白了很多。康泽再爱她也不能代替她进派出所，康泽再爱她，如果还不了钱，受罪的还是她。爱情，在这些事情面前显得好苍白，也许现在不是说爱情的时刻。现在是她要奋起拼搏，为自己争取主权的时刻，她再也不要等待了。

第三十五章　绝地反击

女儿一岁之时，有了进派出所那件事情之后，青青彻底醒悟，对于孩子也逐渐放开手，投入更多的精力在赚钱上了。

她要努力，努力去破解眼前的难题。虽然康泽也在努力，但是她需要把风险控制在自己的手里。虽然康泽爱她，她也爱着康泽，但在这次经济灾难面前，爱情显得好苍白，甚至连催收过来催钱的时候康泽也不能顶替她去面对和承受。因为在这些纠纷面前法律不认爱情，只认证据。签字的人是她不是康泽，债务人是她，所以催收的主要目标是她。催收人员到家里拦着不让走的也是她，其他人随便出入，只有她不能离开，必须要给了说法才能走，而催收们所说的说法就是今天还多少钱，剩下的钱怎么还。

康泽无法代替青青去承受每天催收电话给她带来的折磨，无法代替她去面对上门催收给她带去的炼狱般的生活，更无法代替她去面对公司里的同事，无法体会到她的那种羞愧、无地自容、烦躁和绝望，也无法替她还款。

青青感受到了爱情的苍白，第一次有这样的感受。任凭康泽说再多安慰的话，也无法改变她的现状。

青青要自己开始出动，从咨询律师开始，然后回趟老家，开困难证明、筹集资金。两个月之后的还款如何保障，现在都成了她着手要解决的事情。她要开始多联系一些业务和人脉关系了。

她请了五天假，加上周末总共七天。

前三天时间，她与康泽一同见了国贸高档写字楼里的律师，见了在中关村办公的律师，见了大事务所的律师，也见了小规模律所的律师。气场不同，年龄不同，性别不同，各种类型的律师都见了。的确收获很大，他们知道了信用卡逾期一旦被定性就属于刑事案件，即使拖欠一万元也是可以立案的，如果银行真追究那确实是可以判刑的，因为信用卡是受刑法保护的。而一般的贷款逾期，一旦走上法庭一般都是民事案件，法院会判决如何偿还贷款，一般情况下不会判刑。青青第一次清楚地知道了民事和刑事最根本的区别。仔细想想还真是，最敢闹的都是信用卡，原来信用卡逾期处理不好是真会坐牢的。所有的律师都建议在有资金条件的情况下，第一时间优先解决信用卡的债务，而且越早越好。

康泽在去律师事务所之前就在思考："如果他的债务会影响青青，那先从法律上与青青解除婚姻关系，为的是保护青青，不让青青因为他的债务再受到影响。"咨询过律师之后发现他们的考虑是多余的，因为信用卡的债务是个人债务，与其他人无关，无论婚否，都只认卡主，并不是夫妻共同债务，所以不会有任何影响，离不离婚与这关系不大。

甚至还有个律师说道："既然公司那么看重你，跟公司商量下先给你支付二百万，买断你的工作，这也可以解决你的问题啊，信用卡这个逾期可是比较厉害的，你这都逾期这么久了，而且是多家逾期，说不定哪家想给你立案，那也就立了，你只有尽快还了才是解决之道。你现在跟他们谈的时候光用嘴解释，那是不行了。"

青青何尝不想呢，如果公司真的现在能一次性给她二百万，那她这辈子就为公司效力了，并且加倍回馈公司。可公司也不是老板一个人的，二百万，不是个小数目，她怎么能张开口。

咨询了一圈之后，康泽与青青重新制定了还款计划。所有的债务中优先还青青的，青青的债务中优先还信用卡，信用卡中集中火力先把F银行的处理了。

第三十六章　回乡筹钱

青青次日回老家，康泽南下。事已至此，事情迫在眉睫，回到家中，她把北京发生的事情与父母说了一遍，母亲痛心地问她：“我不是给你说过吗，你要着急，家里有一万块给你备着呢，你怎么这么倔强呢。你怎么不给我说呢。”

说实在地，青青在派出所那天下午压根就没想起来母亲的这一万块，也不敢给母亲打电话。母亲身体不好，如果知道她这个从小到大的乖乖女进了派出所，那得多么地着急呀，母亲又不能一下子赶过来，那对母亲是多么大的煎熬呀。

说归说，母亲还是心疼自己女儿的。在家里把亲戚挨个地分析一遍，看问谁能借到钱。最后还是把电话打给了在城里的四姑妈。到四姑妈家里，父母一边聊天一边把话题扯到了借钱上。父亲说：“青青准备要创业了，现在还差一些钱，你看看能不能给先借点，她最多用两年就给你还。”没想到姑妈非常爽快地说：“亲亲的侄女，又是第一次张嘴，我怎么也得出一点，但是多了我也没有，先给你两万块，再多确实也没有，最近手头也紧，你就先用着。”

“挺好，你给帮忙就挺好了。青青你就记着一定按时还。”父亲高兴地面向青青说道。

“姑妈你放心，我一定按时还，真的非常感谢姑妈。”

“你也别嫌少，上次你哥说做土方组了个工程队，需要点钱我还给拿了十万，到现在也还没还，也不知道他做得怎么样。我最近几年没有做生意，所以闲钱也不多，但这两万块钱你就放心地用。”

“感谢姑妈，姑妈的恩情我记在心里。”青青在心里暗暗地对自己说，如果日后复血而活，一定在力所能及的范围内帮助姑妈的两个孩子。因为自小，这个姑妈与她并不算亲近，甚至很多年都没有过沟通，但姑妈恰恰却在她最困难的时候慷慨解囊。两万块对于现代家庭来讲不算什么，可对于眼下的青青来讲，是至关重要的救命稻草呀。

为了减免申请顺利进行，F 银行要求青青开具困难证明。为此，青青与父亲去了村部，见到了那个被催收人员打电话打得快没法上班的村会计。终于见着真人了，村会计看着青青说：“丫头啊，哎呀，胆子大呀，胆子也太大了。我这一天电话被打得，问啥的都有，有一段时间我都不进办公室，一进来全是找你的电话。还有一家叫什么 Y 的公司，不知道怎么知道我手机号了。不得了，天天打手机呀！丫头呀，贼胆子太大了。”

青青的脸红一阵白一阵，如坐针毡。连连道歉。

“不好意思，叔叔。资金链断裂了，没想到他们催款催到家里了，真是对不起。”

“唉，丫头，出去不容易呢。你看你爸我们都一起多少年了，我这没啥，就盼着你们出去都平平安安地。丫头，好好干。”

“谢谢叔叔，您费心了。今天就是来开证明的，积极面对，解决问题。以后再有打电话的，您就让打我的吧，或者你就别管了，您与他们不沟通没关系。”青青听到了乡音，感受到了村部会计叔叔的乡情，差点流下眼泪。

“丫头也是不容易啊，你看开什么内容的。”

……

青青算了算银行的数量，开了一打困难证明，以备不时之需。

母亲又向几个亲戚问了借钱的事情，有了母亲的一万，姑妈的两万，这就三万，加上裴总另外的一万，总共四万了，还剩几万。有一个亲戚说孩子刚上大学，可能要买小提琴，等到九月份再给信儿。那段时间母亲见到每一个人首先想到的是：“这个人能不能借钱，怎么借，借多少她能承受?”

母亲的脑袋每天都被这些问题占据着，青青都看笑了。她见证了母亲问人借钱的过程。那天，母亲以投资的名义，差点就问后院的邻居借到三万块钱，可没过一会儿那人就跑回来反悔了。青青真佩服母亲的聪明才智，她从母亲身上体会到了一种力量，那是一种披荆斩棘的精神，那是智勇双全的能力。青青再次坚定了自己要站起来的决心。

回到北京，青青开始积极筹钱，她抓紧每一分每一秒。随着派出所事件的发生，她的奶水也少了一大截，每天只吸两次就没有了。不再像哺乳期的时候每天十点上班，六点下班，现在是九点上班，恢复了正常上班，吸奶次数减少，青青感觉时间骤然大增。

每天早晨七点多出门，她坐在公交车上就开始安排一天的工作，井井有条。看着微信里的好友头像，她一个一个分析着每个人的背景和信息，她要尽快把自己的 F 银行的款落实了。

亲戚，朋友，客户?

娘家亲戚那边母亲在出面，朋友呢，青青打开通讯录挨个打过去。一个、两个、三个，青青打了几个她认为以前工作时关系还不错的朋友，但没想到对方都暂时没有钱，她不知道是真没有钱还是借口，结果是大家都在做项目，都在垫钱，都无钱可借。

果然，借钱是个试金石。这个道理不仅对青青适用，对任何人可能都适用。

青青最后给以前一位关系很好的同事燕儿发了短信借两万块钱。怎么借？借多少？这是青青在借钱的过程中的每个借款前的心理活动。因为与燕儿关系好，所以她说了实际情况，也说了派出所的事情，燕儿表达了不可思议和关心之后问道："这两万块你大概什么时候能还？"

"两年之后可以还。"

"我跟我老公商量一下。"

"好的，等你消息。"

青青抱着手机，等待燕儿的回复。她知道燕儿肯定能拿出两万块钱，因为那也就是燕儿一个月的工资，并且燕儿是她们家里的经济主力，借不借还不主要是她说了算么。

然而，让她万万没想到的是，那个曾经可以亲密到住在一张床上的燕儿，此刻的回复是："我老公觉得不靠谱，这钱不能借。"

青青简直气坏了，怎么可以这样。两万块，难道多吗，燕儿一个月随便挣两万块。而且她那么信任地把自己的实际情况告诉了燕儿，燕儿知道了她不解决信用卡要坐牢的情况下也不选择救一把，这真是彻底伤了青青的心，这份友情从燕儿的最后一条短信发出的同时也意味着要中断了。甚至从那以后青青的微信动态里都不见了燕儿的点赞，在此之前燕儿可算是秒赞的。

真是，借钱见真情。青青给高中时代的闺蜜打去电话，没有过多地解释就借到了两万块。青青为什么借两万块？因为她认为

两万块是人们心里的一个止损金额，每一个向外借钱的人大概都是抱着大不了收不回来的心态才能忍痛外借的吧。

朋友也借完了，一片惨状，这个年龄，也的确不好借，要么刚买了房，要么刚生了娃，还有三个关系好的女友直接做了全职太太，在家带娃，这种情况下的好朋友，青青连嘴都没有张，她不能让好朋友在不挣钱的情况下还张嘴问老公帮她借钱。她不能这样做，她不能给她们制造麻烦。

客户？认识客户也好几年了，平时关系都很好。青青现在真是走投无路了，客户应该可以帮助到自己吧？青青分析着关系最近的两个客户，她把这个想法告诉了裴总，因为毕竟这是工作上的关系，她一定要请示裴总。没想到，裴总也鼓励她一试。

第三十七章　贵人相助

青青鼓起勇气给万主任打了电话，她从事的是信息化相关工作的。万主任是甲方单位的主任，这些年一直对青青的工作默默地支持着，是个非常不错的人，儒雅，综合素养非常高。青青只是感觉万主任应该会帮助自己，但是最终会不会帮她，她也不敢确定。

万主任正在休假，青青到万主任家附近见面。原本应该是到咖啡厅或者别的地方坐下来谈的，但是她实在无法直视万主任，所以她告诉万主任一起走一走。走在路上，她鼓起二百万分的勇气开始了她的讲述。

“主任，我真不知道该怎么说出口。”青青长出一口气。

“怎么了？”万主任问道。

“我现在遇到了很大的困难，我需要您的帮助。我先生创业，资金链断裂了，现在所有的信用卡和贷款都产生了逾期，很多银行都找到我，但是我一下子还不上，信用卡是刑事问题，处理不好是会判刑的，前几天我也咨询过律师，律师也建议赶快处理信用卡的问题。”青青停顿几秒继续说道：“我真是不好意思跟您说这些，您是我的合作伙伴，这些年您在工作上已经很照顾我了，现在我个人的问题还来麻烦您，但是因为漏洞比较大，我现在也没有办法，我爱人的亲戚那边都借遍了，有的借了，有的不

借，有的干脆电话都不接了。现在问您张这个嘴，其实我也很窘迫，我现在说话都不敢看着您，我只能与您走着说这些事情才不会那么难受。万主任，您如果可以帮助我的话，请您看看能不能先借给我一些钱，两万不嫌少，二十万不嫌多，请您帮我渡过这个危机。”青青说完，犹如完成一项艰巨的任务，顿时轻松了一下，最难的话终于说出来了。问自己的客户借钱，这简直是不可思议的事情。可她真地再也找不出离自己近的人了，这五年时间，在工作上投入的精力非常多，最熟悉的怕也就是甲方单位的万主任和他的下属黎主任了。

“真没想到你承受了这么多，你太坚强了，要是一般人可能早都挺不住了……”万主任听到青青的讲述非常震惊，他没想到每次看到那个积极向上的青青竟然饱受着这么大的痛苦，他一路听得惊心动魄，他想不到在他感叹生活平淡的同时竟然自己身边的朋友在过着如此困难的日子。万主任表示作为朋友他会尽量帮助她，同时鼓励青青在别的地方也积极地去想想办法。万主任也希望她早日处理好个人问题，因为他也不想失去青青这么一个尽心尽责又善良的合作伙伴。

青青向万主任借钱其实还有一个原因，她怕哪个银行再报案，她万一还不上，万一进去了，那她手里的业务就要受影响，与其那个时候被万主任知道，不如现在自己说了。这样即使真地发生那样的事情，万主任也好提前有心里准备。说完了借钱的事情，万主任也表示会借钱，青青心里的一块石头放下了。她好久没有那么轻松地回过家了。

下午的时候万主任就给她回话，可以借给她三万，青青再三感谢万主任的相助。

加上这三万，还不够。如果万主任能再多借一点就好了，青青痴想。可她又转念一想，万主任是那么清廉的主任，自己怕也是没有什么积蓄，能拿出这三万也不容易了吧。回想这五年的合作中，万主任扶持她的业务一步步成长起来，可却从未接受她任何回馈。仅仅拿那些工资的人，怎么会有太多的积蓄呢，家里还有老人和孩子，哪个不要花钱啊。想到这里，青青的心里流过一阵暖流。青青以前就说万主任是她的贵人，没想到，现在却是更贵的贵人。

第二天一早，青青就约黎主任上午见面。他是万主任分管的一个业务部门的主任，青青的信息化业务主要落在黎主任的部门，五年的时间相处下来也成了很好的朋友。

因为平时与黎主任接触得比较多，对各自的家庭成员也有一些了解，所以青青对黎主任说起自己状况的时候多了一份亲近感。黎主任听着青青的状况，眼圈泛红，难过得似乎是自己欠了债在被催一样。青青没敢太深入地说，简单地把面临的困难告诉了黎主任，询问黎主任能否帮忙。黎主任不断地感叹青青不容易，并告诉她一定帮助。

青青听到这句话，感动得眼泪刷地就流下来了。他没想到她的两个客户竟然如此地爽快，她太感动了。感动得无法用言语来表达自己内心的感受，只能让情绪随着眼泪流淌出来，眼泪忍也忍不住地流。她越是哭，黎主任越是着急，他马上给爱人打了个电话，电话中达成统一，黎主任可以借给她两万元。青青感恩，因为她知道黎主任也是个清廉的主任，这些年都是兢兢业业地工作。青青作为业务单位的项目负责人，商务上的事情都是她在经手，她知道，万主任和黎主任都是老老实实地在单位拿着死工资的人。

黎主任看着青青，心里无比难受。紧接着他问青青接不接受

有利息的钱，当然这个利息是人家在别的地方正在投资所得的利息，并不是高额利息。青青一听那当然是好事，因为那点利息要远远低于银行的滞纳金，她当然愿意给一些利息早点还完款呀。

黎主任听罢，举起电话立马约了他父亲。他说他父亲有一笔钱刚刚到期，正在咨询他投资的事情，他正好借此问一下父亲把钱是否可以借给青青。黎主任说周六就赶快回家去问，让她等消息。这让青青非常意外，她万万想不到黎主任竟然如此帮忙。

青青实在不知道该怎么感谢黎主任，正在愣神之际，她又听到黎主任在给他弟弟打电话。原来，他知道弟弟那里有钱，黎主任一翻电话沟通过之后，黎主任的弟弟愿意拿出十四万元来。青青简直不敢相信自己的耳朵，太不可思议了，她一下子除了“谢谢”二字再也不知道该说什么话了。只能用那种感恩又复杂的眼神看着黎主任。

没想到黎主任还有些自责地说：“真是不好意思，这个还有利息，但是因为我弟弟人家这钱在别人那里也是有利息的，正好下个月到期，可以以同样的利息借给你，你要跟他写个协议。协议请你也别介意，因为我弟弟和你也不熟悉，这个手续还是得履行一下，让他也踏实。”

“黎主任，这个当然是应该的，您今天帮我这么大个忙，我已经很感谢了，就是比他现在的利息再高些都是值得的，因为银行的滞纳金要远远比这利息高。我太感谢您了，有了您的帮助，我眼前最棘手的困难就能解决了。我真地太感谢您了，我真不知道该说什么了。您的恩情，我永记在心，现在无以回报，以后必定报答您的这份恩情。”

黎主任依然焦急地看着青青，在为她发愁。青青告诉黎主任，有了他的这些帮助，她就可以渡过眼前这十月份的难关然后再坚持一段时间，剩下的她会更加努力地工作赚钱。黎主任看到青青信心满满，逐渐地从那悲哀的情绪中走出来。并且嘱咐青青："如果遇到紧急情况，一定告诉我，我会尽我最大的能力帮助你。"

青青眼里含满了泪水，此刻她只对黎主任说了一句："黎主任，大恩不言谢。此生，我谨记您的这份恩情。"青青流着泪说道。此刻她的泪是激动的泪，是高兴的泪，是感恩的泪，是释放的泪。

并不是青青泪点低，而是此刻人世间的真情再现，此时不落泪更待何时？

青青的贵人在一个个出现，她的困境也在一步步解决。

上天不可能让你一直在谷底，当你到达谷底必定会反弹，青青的反弹才刚刚开始，她有了一个漂亮的反弹。

回到家中，青青把情况给康泽和婆婆一说，他们都不敢相信。没想到借给他们钱最多的是一个亲戚之外的人，而且还是客户。一直认为亲密无间的自家亲戚有钱都不借，太讽刺了。但越是在这种对比之下，越是显得万主任和黎主任的情谊珍贵。全家人都表示以后要更加珍惜这段友情，希望有朝一日能够向他们报答恩情。

一周的休假结束了，青青回到工作岗位，第一时间向裴总汇报了这一周的情况。裴总对两位客户的出手相助大感意外，充满了敬佩之情，同时对青青又多加了一份肯定。他知道客户能够在青青危机时刻出手相救，完全来自于她平时扎实的工作和正直善良的人品，这比任何时候，任何人的评价都真实。

有了万主任和黎主任出手相助，帮助青青解决了最艰难的问题，有了裴总的托底，青青的绝地反击多了份坦然和从容。

她做好了针对各家的还款计划，开始有条不紊地还款。工作上除了维护好现有的客户，还加班加点开拓其他领域的客户。青青进入了没有周末的工作状态，多方整合资源，见不同的人，谈不同的事，寻找不同的机会。虽然一时间没有钱进账，但事情都有进展。青青充满了信心，她相信上天一定会厚爱努力奔跑着的人。

第三十八章　摆摊赚钱

国庆节到了，青青完全没有过节的气氛，脑袋里想的全是如何赚钱，她甚至觉得睡觉都是在浪费时间，她真希望把每天的二十四小时都利用起来，她想利用国庆假期也赚点钱。想来想去，她想到了在天安门附近卖国旗，卖节日流行的小商品。康泽提前两天回京，看着青青说得激动，两人便一同到天意批发市场去买了几百个红旗，几百个头上长草的小饰品，还买了大白和可爱的胡巴，青青算着卖了这些可以给家庭带来小一千块的收入呢。国庆节放假七天，她可不想白白浪费这七天的时间，她要争分夺秒地去赚钱。

康泽不好意思卖这些小东西，但看着青青那股投入又兴奋的劲儿，也就释怀了。

于是，十月一日那天，青青与丈夫带着女儿果果去了天安门。出去一看，同行可真不少。青青与康泽都是销售出身，但他们的红旗买得人少，反而大爷大妈们卖得很快，青青不甘心，主动上前去吆喝，但也效果不佳。青青还不甘心，正准备上前去问路人的时候城管来了，拿着喇叭说："收了！收了！"青青赶紧收起来，她第一次感受到了无证经营的小商小贩才有的那种感受。心中感叹，做什么都不容易。城管走后，他们又开始兜售。不一会儿时间城管又来，指着康泽说："刚刚说过你了，赶

紧走。”

真是委屈，天安门看样子是没法卖小国旗了。青青索性决定带着孩子去逛广场，没有了卖小国旗的那份紧张，走在广场上竟然是一份享受的心情，她感觉到可以拥有平等的自由是多么地幸福与可贵。

第二天，一家人又转战动物园。因为这里人多，孩子可以玩，又可以卖国旗和胡巴，一举双得。可是今天，太不凑巧了，东西刚摆出来，一个都没卖出去就被城管收了。康泽不甘心想要回来，可城管根本没有一个好脸色。青青看着花了人民币进的货让城管收了，心里真不是滋味，像丢了钱一样难受。她追到车前告诉城管家里经济状况不好，哀求城管把东西还给她。城管问道：“就这些东西能卖多少钱呢？卖了也解决不了你的问题啊。我看你们也不像是专门卖这些东西的人呀。”

“是的，我是上班的。就是因为家里破产了，所以才利用十一的时间也多少赚点，贴补一下。”

也许是听着青青说的动容，城管的手动了一下，青青顺势赶快拿回一盒小饰品，说完谢谢赶紧回身就走。她知道那是城管大哥内心善意的一动，人性的美就体现在“我不说，你却领悟了”的那一瞬间。

整个假期，一家人还去了植物园。老人带孩子玩，青青与康泽卖东西，两人卖得高兴，他们在感叹这也许是他们人生中最美的回忆呢。毕竟他们谁也没有想到今生还要靠摆摊过日子。

这个“十一”，在假期的第六天，青青感觉到了一份宁静，这是最近几年都没有过的感觉。她忽然觉得催收带来的伤痛变得很遥远，那是一种什么样的感觉？有些遥远，是的，遥远。她那被人催债的感受是无人能体会的，因为，现在竟然连她都快要忘记了。国庆节的长假冲淡了往日的浮躁，节日浓烈的气氛淡化了往日的哀伤。

最终，这个国庆节期间，青青卖国旗和小饰品的这份小生意以资金保本持平且留有余货结束，从此她完全断了卖小商品贴补家用的念头。

在摆地摊之前，她就把这个消息告诉了母亲，母亲心疼女儿，每天都问摆摊的情况，青青轻松地汇报着，到最后一天说到没有亏本的时候，母亲轻松地笑了，母亲的笑让青青感受到了母亲的放心，母亲由担心变成了放心。母亲在那几天一直在赞叹青青的坚强，惊叹青青的抗压能力。

第三十九章　贵人再现

“十一”过后，上班第一天，各家银行的催收电话又开始了。青青真怀念那个没有人骚扰的假期，内心感触“自由，是多么重要。平常人的生活是多么幸福。以后一定珍惜回归正常的生活，一定加倍热爱来之不易的生活”。

逐步，青青借的资金到位，她还完了 F 银行的款。剩余的一部分钱，她按照计划开始一家一家地还。

一个人一旦用尽全身力气去工作的时候是会散发出不一样的光芒的，也许上天看到了青青的这束光芒。在她去客户那里汇报工作的时候，有位领导在不经意间就给她介绍了一个客户，那是他们环保局下属的一个单位，那个领导说也许青青的产品在那里比较适合。就这样，给了她联系方式，并亲自打了电话过去。

青青抱着试试看的态度过去了，原本她做的是信息化的项目，可是到了这个单位几经辗转和沟通，最后竟然由信息化项目演变成了单位文化长廊的项目。这可怎么办，这需要实地勘察，需要设计图纸，需要工程队，需要清单制定，需要反复沟通和确定需求。青青曾向裴总汇报过这个项目，但是因为跨行业，并且涉及垫资，最终公司不打算接这个业务。可箭在弦上不得不发，现在撤走，等于直接打了环保局领导的脸。青青思虑再三，决定找可靠的团队来对接实施。她觉得也许这就是上天送给她的另外一个贵人。

就这样，青青白天上班，晚上到家看当天的项目进展，虽然她把项目交给了实施方在负责，但是她并没有不管不问。青青是一个极其认真负责的人，她希望她介绍的项目能做得完美。这样她才觉得对得起给她介绍业务的领导，对得起帮助过她的人。对于工作，青青要做出自己的个人品牌，让别人想起来就想起她的风格，多年来她一直秉承着这个工作风格。

关于这个项目，又经过了半年的沟通对接，甲方单位最终全票通过了效果图，在女儿果果两岁生日的那个月项目顺利完工了。实施团队也感受到了青青的认真负责与拼劲。因为她经常周末去施工现场，周末谈工作，晚上十点还在谈工作，青青满满的正能量悄悄地传递给了她身边的人。

在这个过程中，青青经历了无数个不眠的夜晚，她的白发在这个阶段生出。因为她不懂清单，不懂工程，更不懂施工，但她告诉自己要让她介绍的项目完美收工。她学习了很多知识，也谈了很多合作伙伴，见了很多人，辨识了很多人。最终，在项目落单后施工方也非常感恩地付了她一笔相对可观的佣金。在这期间，青青父母的地被征，母亲也又拿出了十几万元支援她。再加上之前借的钱，青青的刑事风险完全控制住了。她与康泽还是每天沟通项目情况，康泽那边的项目已经有人开始准备投资了，因为项目大，甚至有施工方为了拿下项目，先转了二十万元工程款。但是眼看着就要定下来的业务，最终还是以今天一个事情，明天一个事情的节奏，一拖再拖。康泽那边的项目是上亿的项目，如果能拿下来，那还起债来快得不得了。可那么大的项目，收益大，风险也大。青青觉得如此下去很有可能会被拖死，等康泽遥遥无期，于是青青利用资源与朋友又一起做起了培训班的生

意，青青没有本钱，但她能协调一些资源，也懂得管理和市场。工程项目结款后她开始了新一轮的拼搏努力，这个培训班不大，但却让她每个月都能有额外的收入，这让她又赚了一笔。青青的工作顺风顺水，财源滚滚来，她的每一天都忙得不亦乐乎。面对催收电话，青青心里坦然了很多，在她方便接电话的时候，她根据当时的经济情况解释或者有计划地商量着还款时间，一家一家地处理着。

青青的信用卡全部控制住了风险。但康泽的大项目还没有拿下，到了节骨眼上，谁能轻易放弃呢。她提前与康泽商量，如果三个月还没有消息就返回北京，回到北京他们一起做事情，因为青青已经忙不过来了。每天都听康泽说项目的甲方就要来了，说了一个多月却迟迟不见踪影。青青每天早晨给孩子喂完奶，七点多出门就开始安排一天的工作，每天异常忙碌。除了日常工作，她在睁大了眼睛四处寻找一切可以赚钱的机会，整合一切可以整合的资源。

第四十章　康泽回家

夏天到了，康泽那边还是一样的情况。青青决定开始叫康泽回来，因为康泽口中的甲方，她经常能见到，虽然项目小，但是却是真正的甲方，不用中间人转来转去耽误时间。她认为北京的钱比外地多，北京的机会比外地多。在康泽此次出去了两个月，在项目还没有实质性进展的时候，她开始了劝夫回京之路。她一定要把康泽叫回来，而且她现在也有了一定的基础，她告诉康泽，回来即使有银行催债，也可以从容面对。可是康泽怎么能轻易放弃呢，青青动员婆婆一起劝说，全家齐动员。这大半年时间婆婆看到青青的收入和状态在发生着变化，她也觉得康泽回来发展可能更好，她也希望康泽赶快回来，不要总在外面徒劳无功。就这样，在那年秋天，康泽正式回家。

康泽回到家的第二天，青青就安排了与甲方的见面，见的是环保局的下属单位的负责人，谈的是工程项目。青青一方面是想让康泽直接接触项目，了解需求后与实施方直接对接，另一方面也是让康泽看一看真正的甲方。她要用北京的现实拉回醉梦在特大项目中的康泽。

也许是青青的发展速度太快，几个月没见，康泽感觉他的速度远远赶不上青青，每天早晨出门走路康泽需要一路小跑才可以跟得上。一到公交车上青青就开始安排当天的工作，各项事情都

在有条不紊地进行着。康泽看着青青的状态，听着她的讲述，与她一同见了几位合作上的朋友，又碰撞出一些新的想法。康泽感叹："我的老婆太厉害了，办事雷厉风行，谈事气场强大。再大的老板在你面前，谈着谈着都能够以你为中心，最后都成了听你讲话的学生了。"

青青告诉他，那是她的正常状态，她这几年每天都这样。只是现在孩子大了，用于工作的时间更多了。当然，也是因为被这些催债的工作人员给逼的，逼出了她更强大的内心，她别无选择，只能这样。

青青很清楚地知道，虽然康泽创业失败，导致资金链断裂，但是康泽的能力是很强的。康泽此次回京，是带着对她一百二十万分的愧疚之心回来的，在外没有赚到钱，现在还要靠老婆。康泽是个自尊心特别强的男人，她知道，要让康泽回来，还不能伤害康泽的自尊。如何留住康泽，让他觉得在北京可以赚到钱呢？她的工程项目康泽不想接手，那就找别的项目让他去做吧。

最终，康泽选择了做医院的生意，医院有钱，是个大行业，虽然前期开发有些难度，但是后面基本都是维护了，而且这个公司还是亲戚的公司，一切以业务量说话，自由管理，没有底薪，高额提成，有业绩就有收入，没有业绩就没有收入。这大大地刺激了康泽，康泽开始学习产品资料，严格要求自己，他告诉自己先玩命地跑三个月业务，每天至少跑三家医院。第一次去都是陌生拜访，很多医生都没有太多的话语，很多客户都是拒绝的，康泽调整心态，继续前行。他逐步建立客户资料，再进行第二次拜访，第三次拜访。进行完三次拜访，也过去了三个月时间，康泽的脸晒得黑红黑红的，每天早出晚归，脚上起了泡，回到家满身汗味，倒头就睡，早晨早早起来，背着包出发。那时，虽然颗粒无收，但是却有几家医院开始咨询产品，并且有两家医院准备进购。康泽在这过程中遭受的白眼，忍受的冷落，以及这几年所受的苦，都在听到落单消息的时候全都没了影踪。以前的痛苦越大，现在体验到的幸福感就越浓。落单意味着康泽也要开始有入账了，虽然医院的结算有周期会滞后，但是胜利的曙光在即。

此刻的康泽终于肯面对现实，他开始接地气了。以前看不上的几千块，现在也看在眼里了。他褪去了往日的自负，更理性地去面对生活。看着憔悴的青青，他心疼，他觉得太对不起眼前这个女人了。这个女人是他的爱人，也是他的恩人。一副弱小的肩膀扛起了家庭的重担，他在内心深处不由地涌起对她的敬佩之情。他暗自发誓一定要让眼前这个女人过上好日子，一定要早日还完债务。

在这几个月，青青开始帮助康泽还信用卡，在康泽的第一笔医院业务所产生的八千元佣金到位的时候，青青已经帮助康泽处理了两家信用卡，还了二十万元。康泽还在继续开拓和维护着医院的客户，按照这个模式进行下去，康泽只要维护好现在的客户，第二年就有二十万元的保底收入了。康泽乘此机会又到另一家公司兼了份职，两边的业务齐开动，收入还会增加。青青对此非常满意，这相当于又有了一份保障，她再也不是孤军奋战了。

现在康泽再也不说上亿的项目了，他听到上亿的项目，自动在心里打了个问号，然后规划到“忽悠”一列。他的同学来北京说工程上几十亿的项目时，他说：“王总，先让兄弟把几千块钱挣着，把账还着，我只看我能拿到手里的，说的那些都不算……”听到康泽说这些，青青知道，康泽现在完全脚踏实地了。她不用再为康泽担心了。

截至康泽回归正常商务轨道，青青算了一笔账。女儿一岁到

两岁那年，青青借了将近六十万，女儿两岁到三岁这一年，青青与康泽赚了近五十万，青青所有的刑事风险都在这两年她借到与赚的钱中解除了。女儿三岁这一年，青青与康泽赚了六十万，开始偿还银行贷款与亲戚的钱。

虽然还有二百万元左右的债务，但青青已经没有了惧怕，因为她的生活不再存在刑事风险。她知道，还完这些债务只是时间的问题。

第四十一章　展望未来

未来的生活，青青与康泽一起走上了正常的生活轨道，债务越还越少，事业逐渐起步。但青青永远忘记不了那些让她痛苦难耐的日子，永远忘不了她拼命奔跑的心情，永远忘不了为难之时帮助她的贵人，忘不了生活给她的磨难。

青青感恩一路为她着想的人，感恩出现在她生命中的贵人。

青青的生命，每天都在演绎着奔跑，也在感染着身边的每一个人。天将降大任于斯人也，必先苦其心志，劳其筋骨，空乏其身。青青回头想想这三年的时间，真是这样，她佩服古人的智慧。现在的她面对生活心态坦然，面对多大的项目都可以驾控于手。一个弱女子，在经过了人生的低谷和心灵的洗涤之后，蜕变成了一位成熟又大气的女人。

生活不会经常给你出难题，但是一旦给你难题，一定牢牢把住，积极对待，披荆斩棘，破解难题。一旦破解，迎接你的将是更为美好的生活。

无论顺境，还是逆境。青青都告诉自己："努力地奔跑吧，因为你奔跑的样子很美，上天也定会厚爱。"

为了更好的自己，奔跑吧。

后记

三年前我给一位朋友讲了个故事，故事的内容与本书的情节有些相似。他听后激动不已，曾三次建议让我把那个故事记录下来。然而那时我还未开始写作，更不具备记录长篇故事的能力，所以每次都是听他讲一番让我记录的感叹后便也再无下文。

世间许多事情的发生也许早就埋下了种子。大约两年前，我有幸结识了著名作家郝敬堂老师，听他讲话让人感到既高雅又舒心，同样的话从郝老师口中说出总是文气十足，每一次与郝老师的聚会都能让我感受到文字的力量、文学的魅力。几次聚会下来，我不知不觉地喜欢上了文学，就在一场春雪飘落的时候，我正式开启了写作生涯。那是 2016 年冬天的第一场雪，也是一场下在春天的雪，我写出了《恋冬的春雪》，当天晚上以笔名“米心”的名义发布了出去。在很多朋友的惊叹和鼓励下我很快就写出了第二篇、第三篇……我在飞机上写作，在火车上写作，我在公交、地铁上都写作，创作的灵感源源不断。看了我的散文，朋友又一次建议我把那个故事写下来。于是 2017 年夏天的一个午后，我开始了《当银行来敲门》这部小说的创作。

《当银行来敲门》是我的第一部长篇小说，也是我正式出版的第一本书。

这部小说讲述了一位在北京打拼的 80 后白领丽人，在支持丈夫创业的过程中如何一步一步走向资金链断裂，在生育女儿之后如何痛苦地应对接连不断的债务危机，又如何挺起脊梁突破重围，最终解决危机，逐渐变得强大、成熟。

这是一部反映当今社会信用透支、金融杠杆放大、贷款管理混乱、负债问题严重的小说。

这还是一部每一个信用卡持有人、每一个想要贷款及已经贷过款的人、每一个沉浸在爱情中的人、每一个创业者、每一个正在经历苦难的人都应该细细品味的小说。

在写这部小说的过程中我曾一度中断，也曾犹豫徘徊是否要继续写下去。但这些疑虑在看到一个女孩因为催债人员的方法不得当而选择轻生的那一刻打消了。我坚定了决心，告诉自己一定要写完这部作品，让更多的人知道这个世界上还有人与他们同命运，让更多的人警醒。

这部小说的问世有它的特殊意义，它并不是简单的叙写一位白领家庭创业的故事。它更大的意义在于“也许正生活在苦难中的人看到了这部小说会对生活产生释然；正在经历与主人公一样遭遇的人看到了这部小说会更加理性地对待不同类型的催缴，从而降低生活中的痛苦和经济风险；甚至这部小说可能会解救一个正在生死边缘苦苦挣扎的鲜活的生命。”所以，我时常在想，这部小说只要能挽救一个人的生命、一个人的灵魂，就有它出版的必要性。

历经一年的时间，这部小说终于创作完成。在这个过程中，我深感文字的美好和力量的强大。小说的每一次修改都让我深陷其情节之中，爱情的柔美感和现实的惨痛感包裹着周身，每次都需要一天的时间才能回归到现实世界。纵然如此，因我的写作资历尚浅，文中还有许多可以精进的地方，还望各位读者朋友多多

海涵。日后定将写出更加优秀的作品，回报各位老师及读者朋友的厚爱。

这本书能够正式出版我非常感谢中国财政经济出版社的樊清玉老师。在出版的过程中，樊清玉老师一遍一遍校稿、对稿，是一位极其认真负责的编辑。人生的第一本书能够由樊清玉老师编辑是我的荣幸，她对待文字的严谨态度让我深受感动，这将对我以后的文学创作有非常好的启发。

同时，我也非常感谢石英老师、杜卫东老师、马相武老师、李林荣老师对这部小说给予的肯定及高度评价，看到了几位老师的评价，我极为震撼，这让我对这部小说更加有信心。几位老师从不同角度提炼了这部小说的精华，相信有了他们中肯的评价，读者朋友们更能从这部小说中读出耐人寻味的内容。

本书内容纯属虚构，人物名称均为化名，如有雷同纯属巧合。

张永娟

2018 年 11 月 18 日

写于北京